講談社文庫

幕末の明星

佐久間象山

童門冬二

JN264312

講談社

幕末の明星

佐久間象山

ペリーがお辞儀した日本人

　幕末に、日本を開国させたのはいうまでもなくアメリカからやって来たペリーだが、かれは、「マシュー・カルブライス・ペリー」といい、日本に来た頃はアメリカの東印度《インド》艦隊の司令長官だった。海軍中将である。このころかれは、フィルモア大統領から特命を受けた。それは、

「太平洋航路を辿《たど》って中国へ向かうアメリカ船が、途中で燃料や食糧に不足を来《きた》したり、あるいは船中に病人を出したりしたときに、寄港して、燃料・食糧の補給を行ない、また病人を上陸させて病院に入れ看病をしてもらえるような港を日本に求めよ」

ということだった。したがってこの段階でのペリーに課された「日本開国」の目的は、「貿易」ではない。あくまでも、

「中国へ向かう途中でのアメリカ船の寄港地」としての開国である。日本はその頃鎖国を行なっていた。しかし外国と全く接触しないのではなく、朝鮮・中国・オランダの三国とは、鎖国以前と同様な交流を続けていた。特に中国とオランダとは貿易も行なっていた。鎖国といっても、部分開国を行なっていたのである。しかし幕府の法律では、

「日本に接近する外国船は、すべて長崎港に入港し、要望事項は長崎奉行と交渉せよ」

と定めていた。

ところがペリーはこの幕府の法律を守らなかった。嘉永《かえい》六（一八五三）年六月三日に、浦賀《うらが》沖に姿を現した四隻の黒船は、日本中を震撼《しんかん》させた。落首が詠《よ》まれた。

泰平のねむりをさますじょうきせん
　たった四はいで夜も寝られず

この落首には言葉の引っ掛けがある。そのころ宇治の上等なお茶で「上喜撰《じょうきせん》」と呼ばれるものがあった。カフェイン度が強いので、四杯も飲むと興奮して夜も寝られな

いといわれた。ペリーが乗って来た船は蒸気《スティーム》で動いている。この蒸気船と上喜撰とを引っ掛けたのである。日本を混乱に陥れたたった四杯の黒船とは、サスクエハナ、ミシシッピー、プリマス、サラトガの四隻だった。ペリーの乗った旗艦はサスクエハナである。当時の浦賀奉行は井戸弘道《いどひろみち》と戸田氏栄《とだうじひで》の二人だった。黒船から降りて上陸したアメリカ側の使者に対し、両浦賀奉行は、

「外国船との交渉はすべて長崎奉行が行なっているので、すぐ長崎に回航してもらいたい」

と幕府の法律を盾《たて》にとって交渉した。が、アメリカ側はいうことをきかない。首を横に振り険悪な表情で、

「ペリー特使は日本の最高責任者でなければ交渉しない。至急最高責任者に会わせてもらいたい」

と突っ張った。これはペリーが海軍軍人なので、

「対日交渉は、堂々たる武力で脅すのが最も効果的だ」

と、はじめから恫喝《どうかつ》外交を考えていたからだ。そのために、幕府側の、

「長崎へ回ってほしい」

という要求を撥《は》ねつけただけでなく、故意にさらに艦隊を江戸湾内に進入させた。

そして、測量船を出し横浜付近の小柴《こしば》沖をしきりに測量した。閉口した両浦賀奉行は、幕府首脳部に対応を諮《はか》った。幕閣はやむを得ず、

「ペロリ（ペリーのこと）が持って来たメリケン（アメリカのこと）の文書だけは受け取れ」

と命じ、受領の全権を両浦賀奉行に委任した。そこで、六月九日に久里浜《くりはま》に応接所が急設され、井戸・戸田両奉行は、ペリーと会見した。ペリーは堂々たる威信をもってこれに臨み、持って来たフィルモア大統領の親書、ペリーに対する信任状、そしてペリー自身が徳川将軍に書いた書簡の三種類の文書を提出した。そして、フィルモア大統領の国書の趣旨を口頭で説明し、

「至急、回答を貰いたい」

と迫った。しかし、両奉行は、幕法を盾にとって、

「この浦賀は何度も申すとおり、対外交渉の場ではない。対外交渉の場は長崎だ。すぐ回答はできない。ただちに退去してほしい」

といった。ペリーはむっとしたが、しかしかれ自身もそれ以上突っ張ると交渉が暗《あん》礁《しょう》に乗り上げてしまうので、

「わかった。とりあえずは退去する。しかし明年さらに多数の軍艦を率いてやって来

る。その時にはきちんと返事を貰いたい」

と脅し同様な言葉を残して去って行った。両浦賀奉行は汗びっしょりだった。思わず顔を見合わせた。ペリーはそのまますぐ去ったわけではない。さらに江戸湾深く進入し、江戸市民が直接その姿を見られるまで接近した。江戸の市中は大混乱に陥った。気の早い連中は、荷物をまとめて退避する者も出た。六月十二日になって、ようやく四隻の黒船は遠く去って行った。

しかし、予告したとおりペリーは翌嘉永七（一八五四）年一月十六日に、今度は七隻の軍艦を率いて再び神奈川沖にやって来た。そして、

「昨年の大統領国書に対する回答を貰いたい」

と迫った。幕府側ではすでにペリーに、

「長崎へ行ってくれ」

と申し出ても全く受け付けないことを知っていた。やむを得ず、漁村である横浜村に応接所を作った。不便な漁村なら、国民に対する悪影響も少なくてすむと判断したのである。幕府側が応接使として派遣したのが、幕府の儒者林《はやし》　煒《あきら》と江戸町奉行の井《い》戸《ど》覚弘《さとひろ》の両全権である。二人はすぐ横浜村に赴いた。ペリーとの交渉は二月十日から行なわれた。幕府首脳部は両全権に、

「ここまでは妥協してもよい」

という秘密の訓令を与えていた。その内容は、

・おそらくペリーは和親条約では満足せず、交易を望むだろうから、その時期は五年後と告げる。不承知の場合は三年まで妥協してもよい

・寄港地として開港する港は長崎とするが、向こうが不承知の場合には下田近辺とする

・石炭の補給は、五ヵ年(つまり交易開始までの期間)は、長崎港で行なう

・食糧や燃料は支給する

というものであった。二月の十日から始まった交渉で、案の定ペリーは、

「すぐ日米両国は貿易を行なうべきだ」

といったが、全権は、

「それは今回の議題ではない」

と躱《かわ》した。意外と簡単にペリーはその要求を引っ込めた。しかし、一通の文書を出して、

「これは、アメリカと清《しん》（中国のそのころの国名）と結んだ修好通商条約だ。いずれ日本とも通商条約を結ぶのだから、参考に検討しておいてほしい」

といって「米清修好通商条約」を渡した。

交渉で最も問題になったのが、

「どこの港を開くか」

ということである。幕府側全権は訓令通り、伊豆の下田《しもだ》を示した。しかしペリーはそれだけでは承知しない。そこで全権は、

「蝦夷《えぞ》（北海道）の箱館《はこだて》を開こう」

と告げた。ペリーは承諾した。二月十五日には、ペリーからお礼にアメリカから持って来た電信機械・汽車・時計・望遠鏡・小銃・サーベル・ラシャ・農具などが贈呈された。電信機械は実際に電線を引いて、一六〇〇メートル離れた地点から送信して見せた。汽車はもちろん模型だったが、実際にレールを敷いて走らせて見せた。日本側はびっくりした。二月二十六日には今度は日本側から、フィルモア大統領やペリーへの返礼品を贈った。金泥《こんでい》の硯箱《すずりばこ》・漆塗《うるし》りの机・花瓶・絹などである。そのあと力士が相撲をとって見せた。アメリカ側は苦笑した。船に乗ってから、

「日本の相撲は、残忍な動物力の見世物だ」

といい、

「アメリカから、未開国民に対し科学と企業との成果をまざまざと見せてやった」

と得意がった。ペリーは海軍軍人だから、遣日特使として、

「あくまでも武力を背景に、脅しによる外交を行なうべきだ」

と考えて日本に臨んだことは前に書いた。二回目の訪日もこれは変わらない。そしてかれにすれば、

「自分の恫喝外交が功を奏した」

と思い込んだに違いない。したがって、日本側はペリーの傲慢な外交方法に屈服したのである。

その傲岸不遜《ごうがんふそん》なペリーが、

「これは偉大な日本人だ」

と感じて、丁寧にお辞儀した人物がたったひとりいる。それが、この本の主人公佐久間象山《さくましようざん》（ぞうざんという呼び方もある）である。

ペリーが象山を見てびっくりしたのは、おそらくその魁異《かいい》な容貌《ようぼう》にあったのだろう。象山は、身長が一メートル七八センチから八〇センチ近かったという。当時の小

柄な日本人の平均的体格からすれば、相当に高い身長である。同時に恰幅《かっぷく》もいい。それに、日本人としてはめずらしく色が抜けるように白かった。だから、

「佐久間には外国人の血が混じっているのではないか」

といわれてきた。目が爛々《らんらん》と光り、それにもうひとつ顔に特徴があった。耳が見えないことである。耳がないわけではなく、両側面にピタリとついているので正面から見ると、

「耳がないのではないか」

といわれた。子供の頃は、

「ミミズク」

というあだながついていたという。鳥のふくろうは耳がないように見える。象山は常に黒い着物を着て、襟《えり》から下着の白い絹を出している。これが一際特異な容貌を際立たせる。ペリーは佐久間象山を一目見て、その威信に胸を打たれた。衝動的にお辞儀をしてしまったのである。艦に戻って、副官から、

「閣下は、なぜあの日本人に礼をなさったのですか」

ときかれると、

「あの人物の発するオーラ（気）が、あたりを威圧しているので、さぞかし日本でも

高位の人物だと思ったからだ」

と答えた。それほど佐久間象山の発する雰囲気は、他人とは違っていた。

しかし、それにしてもこの日佐久間象山は、一体どうして横浜村にいたのだろうか。

幕府は、ペリーの再来訪を知って、応接所を横浜村に定めると同時に、松代《まつしろ》（長野県）真田《さなだ》家と、小倉《こくら》（福岡県）小笠原《おがさわら》家の二藩に、

「近辺の警備」

を命じた。そして、幕府首脳部の観測として、

「アメリカとの応接は、二月九日になるだろう」

と告げた。象山の『横浜陣中日記』（『日本の名著30　佐久間象山・横井小楠《よこいしょうなん》』のうち、松浦玲氏による佐久間象山の項の現代語訳）には、次のような記述がある。二月六日の項である。

「真田家では、午前十時に軍隊を出発させた。銃卒が四隊で、各隊二十四人。全員が洋銃を持っており、物頭二人がこれを指揮している。白地胴赤の旗を二流、赤地纏旗《まといばた》一本。大砲五門、一門は六斤《ポンド》地砲、一門は十五拇《ドイム》長人砲、三門は十三拇天砲。番士三十人でこれを担当する。

このほかに、長柄の槍四十筋、長巻二十振をもっていく。これは警固《けいご》の時、夷人の往き来する場所に近接し、また小笠原家の部隊と向きあって陣をとった場合には鉄砲が使えないので、用意したのである」

松代藩真田家の警固隊の幹部の人事は次のとおりだ。

「総奉行には望月主水貫恕、番頭には小幡長右衛門、旗奉行には依田甚兵衛、使番には石倉藤右衛門、目付には馬場弥三郎正矩、陣場奉行には白井平左衛門、小荷駄奉行には卜木次郎右衛門など」

そして象山自身は、

「わたしは軍議の役であった」

と書いている。軍議役というのは参謀のことだろう。佐久間象山は、この幕府からの下命を当然、

「日本国民を、アメリカ側の乱暴から守るため」

と考えた。ところが反対だった。幕府が命じたのは、

「日本人の乱暴からアメリカ側を守るため」

ということだった。象山は呆れた。はじめからこのいわば、

「責務の発想差」

があって、象山はしばしば腹を立てる。あたりまえだ。これは象山の方が正しい。幕府の対米姿勢ははじめからへっぴり腰だったのである。象山はまた、

「下田開港」

にも反対した。それは、

・下田港は、陸地から向かえば天城《あまぎ》山脈に遮《さえぎ》られた陸の孤島のような地域だ

・積極的にアメリカと交流を行なうのなら、もっと便利な土地にすべきである

・国民の世論を気にするのならば、交流に便利な土地で、しかも日本側の監視がいき届く一種の僻地といわれる横浜村がよい

ということで何度も進言した。しかし上層部の入れるところとはならなかった。かれの孤《こ》高狷介《こうけんかい》な性格のために、反対勢力が夥《おびただ》しく真田家にいたからである。

ペリーを感動させた日、佐久間象山は自藩の警固屯所にいた。この日、かれは四十四歳である。ペリーは六十歳だった。

佐久間象山が海防問題に関心を持ちはじめたのは、三十二歳のときだ。その頃の松代藩主は真田《さなだ》幸貫《ゆきつら》である。幸貫は、「寛政の改革」で名君ぶりを発揮した老中で白河

藩主だった松平定信の息子だった。請われて真田家の養子になった。しかし真田家の保守的な重臣たちは、必ずしも幸貫を歓迎していない。そんな孤独感もあったせいだろう、幸貫はことさらに象山を重用した。これはまさに象山にとって、

「一期《いちご》一会《いちえ》の出会い」

である。真田幸貫という藩主に巡り合わなかったならば、開明的な先覚者佐久間象山はない。

きっかけは、天保十二（一八四一）年に、藩主の真田幸貫が老中になり、翌十三年に海防掛に任命されたことである。この人事はめずらしい。というのは、真田家は外様大名であって譜代大名ではない。徳川家の方針として、幕閣に入閣できるのはすべて譜代大名であって、外様大名にその資格はない。いわば譜代大名は〝万年与党〟であり、外様大名は〝万年野党〟である。しかし、名君松平定信の息子だということで、おそらく時の老中筆頭水野越前守忠邦《みずのえちぜんのかみただくに》（遠江《とおとうみ》浜松藩主）の決断によって入閣を促されたのに違いない。水野から幸貫が命ぜられたのは、

「海外事情の研究調査」

である。幸貫は快諾した。そして、象山を呼び寄せた。

「顧問として、わたしの仕事を補佐せよ」

と命じた。象山は飛び上がって喜んだが、しかし反面弱った。というのは、この頃の象山には、

「海外事情の知識」

がそれほどあったわけではない。象山はその勉学の過程において、最後まで、

「朱子学に対する強烈な信奉」

を貫いた。その意味では、松平定信がその改革で展開した、

「異学の禁」

の流れを汲んでいるといっていいだろう。異学の禁というのは、

「幕校昌平坂《しょうへいざか》学問所においては、朱子学以外の異学を学んではならない」

という禁令である。松平定信は、それまで幕府の大学頭《だいがくのかみ》林家の私塾であった昌平坂学問所を、幕府の管理下においた。いってみれば、私立大学だった昌平坂学問所を

「国立大学」に性格を変えたのである。したがって、その国立大学で教える学問を朱子学に限ったということは、全国の大名家の藩校においても、

「これに倣《なら》え」

というに等しい。

この時、昌平坂学問所の教授連が、

「異学」として嫌ったのは王陽明のいわゆる〝陽明学〟である。陽明学の骨子は「知《ち》行合《こうごう》一《いっ》」だ。これが「格物致《かくぶっち》知《ち》」を旨とする朱子学と相容れない。よく分からないが、陽明学の方は、

「学んだことを必ず行なうという、行動を重んずる動の学問」

であり、朱子学の方は、

「あらゆる事物の中に真理を発見するという、どちらかといえば思索を重んずる静の学問」

の差があったのだろうか。誤解されるかもしれないが、佐久間象山は生涯徹頭徹尾朱子学者だった。陽明学を嫌った。かれの学問修業は、一貫して朱子学によって行なわれている。

象山は、文化八（一八一一）年二月二十八日（十一日、二日説あり）に、松代城下浦町《うらまち》で生まれた。父は佐久間一学五十六歳、母はまん三十七歳である。当時佐久間家はわずか五両五人扶持《ぶち》の微禄だったが、父の一学は武士として儒学の素養が深く、また同時に卜伝《ぼくでん》流の剣術の達人でもあった。時の藩主は真田幸専《ゆきたか》だったが、一学を側右《そばゆう》

筆《ひっ》・表右筆組頭に抜擢した。幸専は、

「佐久間一学は、まさに文武両道の達人で、真田家で求める〝期待する武士像〟の一人である」

と考えたのだろう。象山は六歳のときからこの父に漢文の素読を受けている。そして、十六歳のときには藩の家老で、漢学の素養の深かった鎌原桐山《かんばらとうざん》から経書を学んでいる。同時に、藩士の町田源左衛門から会田流の和算を学んだ。さらに竹村七左衛門に馬術を、河野左盛から水練を学んだ。十七歳のときには、藩老恩田頼母《おんだたのも》の知遇を受けた。

やがて、二十歳の時に活文《かつもん》和尚から華音（中国語）と琴を学んだ。また、二十三歳のときには藩が招いた長野豊山から孟子の講義を聴講した。そしてその年の秋江戸に遊学して、佐藤一斎《いっさい》の門人になった。佐藤一斎は、国立大学に性格を変えた昌平坂学問所の筆頭教授であった。昌平坂学問所を経営する林大学頭は、名を衡《たいら》といい、号を述斎《じゅつさい》と称した。美濃《みの》国岩村藩主松平家の出で、一斎も岩村藩の藩儒であった。子供の時からの学友である。しかし、林述斎は、

「わたしは、政治的な能力はひとに負けないが、学問の方はどうも苦手だ」

といって、

「学問所の講義はすべて先生にお任せする」

と一斎にすべてを委任した。したがって述斎は今でいえば文部大臣のポストにあり、実質的な大学の学長を一斎が務めていたということになる。述斎は自分でも、

「わたしは政略家だ」

というだけあって、その方面に才能があったのだろう。あるいは、私塾であった昌平坂学問所を官立の大学に昇格させたのも、その政略性が物をいったのかもしれない。しかしいずれにしても時の老中松平定信も、林述斎も熱烈な朱子学者である。そのために、

「異学の禁」

を出したくらいだ。ところが佐藤一斎はよく知られているように、

「学問所で表面は朱子学を教えているようなふりをしているが、しばしば陽明学も教えた」

といわれる。一斎の門人数は三千人にも及ぶ。そしてその中には朱子学だけではなくて陽明学者も沢山いた。大塩平八郎のような幕府に反乱を起こす人物も、あるいは後の西郷隆盛などもその流れを汲んでいる。かれらは文字通り、

「知行合一」

を実践した。しかし、一斎には何の咎《とが》めもなかった。それは一斎が教えたのはおそらく、

「学問の原理原則」

であって、

「どう応用するかは、学んだ個人の自由だ」

という幅広い考え方を持っていたためだろう。しかし、この一斎に面と向かって、

「あなたから学問を学びたくない」

と抗議したのが象山である。象山が佐藤一斎の門に入ったのは二十三歳のときだが、かれは、

「先生（一斎）ほど詩文に長じた方はいない。したがって自分は先生から詩文や文章を教えてはいただくが、経書（儒学）の講義は御免被りたい」

といっている。これは佐藤一斎の門下生になって、一斎がしばしば禁じられている陽明学に講義内容を広げたためだろう。それは、学問的に潔癖な象山の容認できることではなかった。

一般的に、

「佐久間象山は開国論者であった」

といわれている。しかし象山の開国論は二重になっていて、底にあったのはどうも、

「攘夷《じょうい》論」

ではなかったかと思われる。つまり、

「攘夷を行なうにしても、敵の実態を知らなければ何もできない。第一、現在の日本の国力では日本に迫る外敵を追い払うことなど到底できない。軍事力を強めるべきである。それには、すぐれた軍事力を持つ西欧の実態に学ぶべきだ」

という主張ではなかったのだろうか。そしてこの攘夷論の根拠になるのが、かれの、

「一貫した朱子学信奉」

だ。象山の得意な学問は、朱子学の他に易学・数学・兵法（軍事学）・砲術学などであった。かれは、兵法や砲術を説く際にも、かなり数学や易学を活用している。特に、数学に対する関心は深く、また造詣も深い。西洋の砲術を学んだときも、

「西洋の砲術は理に適っている。これは数学を重んじているからだ。その数学を重んじる西洋の砲術も、易学によって分析することができる」

などといっている。独特な学問態度だ。佐久間象山の一貫した信条は、有名な、

「東洋の道徳・西洋の芸術」

だ。

「和魂洋芸」

と略称される。ここで東洋の道徳というのは、いうまでもなく朱子学のことだ。かれが〝異学の禁〟的発想によって、陽明学を嫌ったことは前にも書いた。天保八年に大坂で乱を起こした大塩平八郎は、有名な陽明学者である。この乱の報を耳にした時、象山は、

「だからいわぬことではない。陽明学はこのように国家に害をもたらすのだ」

と批判している。

象山は数学のことを〝詳証術《しょうしょうじゅつ》〟と命名し、

「万学の基」

と位置付けている。おそらく朱子学の根底にある一種の合理性を、数学の原理の中に発見したのだろう。

それにしても、象山の自分の学識に対する自信は大変なもので、他の追随を許さなかった。それは、能力的にもそうであり、同時にまたかれ自身の性格にもよる。

横浜の応接所でアメリカのペリー提督が、象山を一目見て思わず頭を下げたのも、

ペリーは、

「あの人物の発する気に圧倒されたのだ」

といったが、その気は一体どこから出て来るのだろうか。傲岸不遜なペリーが象山に感じたのも、おそらく象山の、

「孤高狷介」

の性格から発する、やはり傲岸不遜の態度だったのだろう。象山は、ペリーを少しも恐れてはいなかった。それは根本的に、横浜応接所近辺に派遣された松代藩軍の受け止め方にあった。幕府の方では、

「アメリカ側に日本人が乱暴するといけないので、これを抑止せよ」

と命じた。ところが象山は、

「アメリカ側の乱暴から日本人を守る」

と受け止めている。根本的に違う。つまり、横浜村でアメリカ人を守るのかそれとも日本人を守るのかということになれば、象山はためらうことなく、

「日本人を守る」

と応ずる。この責務感が、おそらくかれの体中から気となって発散されていたに違いない。ペリーは、象山のこの気概にたじろいだのである。象山は、

載されている。


「特立して流れざる」

　生き方を選び、自ら、

「自分には狂簡《きょうかん》の性《さが》がある」

といっている。特立という言葉は近頃見ないので、字引を引いてみた。きちんと掲載されている。

「抜け出ていること・すぐれていること・特出していること・他に頼らないで独り立ちすること」

と書いてあった。「独立」にも似た言葉だ。ついでに「独立」についての解説を読むと、

「他の助けを借りないで独りだけで立っていること・他の束縛や支配を受けないこと・独り立ち」

などの意味がある。両者の差はそれ程ないようだ。しかし象山の場合には独立というよりも特立という言葉の方がピッタリする。狂簡という言葉も字引に載っている。原典は論語だという。

「志は大きいが、小事には心を用いないこと」

と書いてある。狂の字から、

「狂気を含む性格」

と考えるのは誤りだ。象山とも親交のあった藤田東湖の仕える水戸徳川家には、一時期〝天狗《てんぐ》党〟というグループが発生した。命名者は藩主だった徳川斉昭《なりあき》である。しかしその意味は、

「天狗のように鼻を高くしている変わった連中」

ということではない。斉昭がこのグループに天狗と名付けたのは、

「常識では計り知れないような大きな志を持った人々」

の意味だ。象山のいう「狂簡の性」の意味に似ている。象山の「特立して流れざる」信条と、それを支えるための「狂簡の性」は、いってみれば、

「象山スピリット（精神）」

と呼んでいいだろう。この象山スピリットは、かれの小さい時から育まれた。そのひとつが、

「すぐれた人々との出会い」

だ。象山ほど、すぐれた人々と出会い、また相手のパワーを吸収していった人物は数少ない。先天的に、

「自分と出会うべき人」

を予知していたようなところがある。はっきりいえば、

「自分にとって（ということは国家にとって）、役に立たないような人間とは出会いたくない。出会っても付き合いたくない」

という考えを持っていた。したがってかれは出会う人を本能的に選んだ。そして選ばれた人は悉《ことごと》くかれに影響を与えた。もちろんいい影響も悪い影響もある。しかしいい影響を与えた人からは学び、悪い影響を与える人は〝反面教師〟として接した。

単に、

「孤高狷介の人物」

として、故郷の松代真田藩においても、嫌われ抜いていたのかと思えばかなり違う。逆に象山を愛した人物が沢山いた。それは藩主の真田幸貫をはじめ、かれに漢学を教えた鎌原桐山やなにくれとなく面倒を見た恩田頼母などの家老職たちだ。また、その子孫が現在も夥しい象山からの手紙を保存していることで知られる城下町の豪商八田《はった》家との交流も無視できない。八田家の当主に、折々自分の状況と社会の様子を知らせる象山の手紙は、単なる報告書ではなく八田家の当主に対する親近感に満ち溢れている。これは、他の武士たちに対する書簡とは違った深みと情感を湛《たた》えている。おそらく八田家の当主に対し、象山は武士の庇護者とは違ったものを発見していたのだ

ろう。もちろんそれは単に気持の交流だけではなく、経済的な支援があったのかもしれない。が、そういうものがたとえあったとしても、象山の文面に溢れる情感は、単に、

「感謝の念」

を底流にするものではない。むしろ、

「あなただけには本当のことを告げたい」

というような気持が滲《にじ》み出ている。

象山は、こういう性格を、

「自分は、他人に迎合するために世俗的な方法を発揮することはできない。自分に合うものはその人と交流し、合わなければ同じ場所で席を同じくして、その人とは語らない」

そのために、

「人々は怪しんだり、あるいは罵《のの》ったりする。いろいろとうるさいことをいう。が、たとえ何をいわれようとそんなことは耳にしても自分のためにはならない。すべて、時であり、勢いなのだ。どうにもできない」

と書いている。象山の研究者の中には、この象山の性格を、

「反権力という信州人（長野県人）全体に通ずるものだ」

と書いている。

わたしは象山のこの精神を、

「国家に役立つべき人間の純粋な精神とは何か」

ということを、生涯の命題として追い求めたのだと解釈している。そして象山は象山なりに、この精神を発見し保持した。だからこそ、多くの敵を作り、また理解できない人達から批判の礫《つぶて》を投げられた。しかし象山は屈しない。それは、

「自分は絶対に正しい」

と信じているからである。

そこで、改めて象山の幼少年時から、

「すぐれた人との出会い」

を軸にして、かれの、

「揺るぎない自信の確立過程」

を辿ってみたい。

明星と名づけられる

前に書いたように、文化八（一八一一）年二月二十八日に、信州松代藩真田家の家臣だった佐久間一学と妻まんの間に生まれた象山は、一学によって幼名を啓之助《けいのすけ》と名付けられた。これは一学が漢学の素養があったので、愛読する詩経の、

「東に啓明あり」

という文からとったものだ。東に啓明ありというのは、金星のことだ。金星は太陽系の惑星で、公転周期約二二五日といわれる、惑星の中で最も明るい星だ。明け方には東の空にあって、〝明け（暁）の明星〟と呼ばれる。そして夕暮れ時は、西の空にあって一際輝くので〝宵《よい》の明星〟と呼ばれる。同じ星が、夜明けと日暮れの両時間帯に共に、

「明星」

と呼ばれる。それほど地球に住む人間にとって、親しみやすくまた馴染《なじ》みの深い星だということだ。おそらく父の一学は、

「この子は、明星のように輝いてほしい」

と期待したのだろう。一学とまんの間にはすでにけいという娘がいたが、佐久間家はどういうわけか、男系の脈が乏しい。先祖代々、養子が多い。一学もそうだ。そこで、男の実子が生まれたことを一学は非常に喜んだ。が、ちょっと複雑な事情がある。それは、まんの立場が足軽の娘だったので、正しく妻の座を得ていなかったということだ。これは、藩の掟《おきて》が認めない。そのために、幼少時から象山は心を痛めた。家庭内にあっても、まんを〝母〟と呼べない。

「まん」

と呼び捨てにする。父からそう命ぜられて、やむを得ずそう呼びながらも幼少年時代の象山は悩んだ。

(なぜ、生みの母を母と呼べないのか?)

この疑問が、かなり長い間かれに纏《まと》いつく。こういう経験もかれにとって、心のひだにある傷を与え、それは生涯癒《いや》されることのない痕《あと》となって残ったに違いない。

かれが十五歳頃、英明な藩主真田幸貫に謁見《えっけん》した。幸貫が松代藩主になったのは、文政六(一八二三)年のことで、当時象山は十三歳だった。しかし翌文政七年に、十四歳になった象山は、前藩主幸専公の五十年誕辰《たんしん》を祝って、その「賀詩」を作った。

「松代に、佐久間啓之助あり」

ということは、新藩主幸貫もよく知っていた。そこで、

「その天才少年に会ってみたい」

と考えて、特別に啓之助を召して謁見したのである。幸貫はニコニコしながら、雑談をした後に、

「啓之助、何か望みはないか」

ときいた。この時啓之助は、率直に、

「わたくしに大切な母がおりますが、事情があって母と呼べません。母と呼べるよう特別なお計らいをお願いしとうございます」

と頼んだ。幸貫は、妙な表情になって脇の家老を見た。家老は低い声で、

「後程お話し申し上げます」

と答えた。数日後、佐久間父子のところに使者が来た。それは、

「まん殿をお城に登らせるように」

という幸貫からの伝言であった。佐久間一家は驚いた。命ぜられたとおりまんは登城した。親しくまんに会った幸貫は、

「啓之助のような息子を持ってそなたは幸せだ」

といった。この会見が、まんの位置を一挙に高めた。以後まんは、佐久間一学の正妻として扱われるようになった。少年象山が喜んだことはいうまでもない。以後象山は、殊更に、

「母上、母上」

とまんに纏いついた。まんは慎み深い性格だったので、そんな少年象山に困惑した。

「啓之助様、およしなさい」

という。象山はたちまち食って掛かる。

「母上、わたくしは母上の息子です。息子に様を付ける人はいません。啓之助と呼び捨てにしてください」

象山にすれば、今まで心ならずも母を呼び捨てにしてきた罪の償いの気持もあった。そして、

「この罪は、一生かかっても償うことはできない」

と一種の原罪意識を持っていた。この一事も、おそらく象山の性格形成に大きな影響を与えたはずだ。それは、単に生みの母を母と呼べない松代藩真田家のしきたりに怒りを覚えただけではない。そういうことを日本全体として認めている、この国の構

造自体に対する激しい怒りであったろう。象山はのちに、

「二十歳になった時に、自分が一国（この場合の国は藩）に属していることを知った。三十歳になったときに天下（日本国）に属していることを知った。そして四十歳になったときに五世界（国際社会）に属していることを知った」

と告げる。単に属していることを知っただけではなく、

「そういう心構えで、物を考え行動しなければならない」

という自覚の弁である。現在でいえば、一地域の片隅に生まれた一個人が、やがてめざめて、地域全体のことを考え、さらに日本国全体のことを考え、やがては国際社会の一員であるという自覚を持つということだ。現在の、

「グローバリズム」

だろう。ある識者は、この自覚と地域とを結び付けて、

「グローカリゼイション」

と名付けた。

「グローバルに物を見ながら、ローカルに生きる」

という意味だ。地方自治のあり方をいったものである。したがってもっと突っ込んでいえば、

「日本の一地域で自治を考えるにしても、現在は国際的な視野に立たなければならない」

という意味だろう。その意味では、佐久間象山はすでに百数十年前にこの、

「グローカリゼイション」

を唱導《しょうどう》していたといえる。これもかれの先見性の現れのひとつだ。さらにかれのグローカリゼイションは、自分自身の「個」から発している。個というのは、つまり、

「生みの親を母と呼べない社会の状況」

に、悲憤の気持を持って接したことだ。体験したことである。これが、

「個人から家庭へ、家庭から地域へ、地域から藩へ、藩から天下（日本）へ、日本から世界へ」

という、かれの志のいわば〝ボトムアップ〟の道程を辿らせる。それだけに、余計その信ずるところが強化されるのは当然だ。現在の地方自治も本来はそうあるべきだ。つまり、

「地方分権」

というのは、

「国の持つ権限の一部を地方に分与する」

ということであって、本当の地方自治ではない。本当の地方自治というのは、

「まず個人（人間ありき）」

という起点から発想されるべきだ。その積み重ねがついにナショナル（国家）に達する。江戸時代の幕藩体制では、「老中」と呼ばれる徳川幕府の首脳部として国政を展開する人々が、すぐれた大名（今でいえばすぐれた地方の首長）を経験したのちに、

「地方で成功した善政」

を、徳川幕政という、

「国政に反映し、投影した例」

が数限りなくある。名君と呼ばれた人々はすべてそうだ。たとえば、享保《きようほう》の改革を成功させた八代将軍徳川吉宗も、紀州藩主であった当時の成功した善政をそのまま幕府政治に持ち込んでいる。その孫で、奥州《おうしゆう》（福島県）白河藩主だった松平定信も、白河藩政で成功した例を国政レベルにおける「寛政の改革」に投影させている。つまり、

「地方自治の成功例を、国政として導入し、これをさらに増強して展開する」

という政治行為を行なっているのだ。その根底には、

「国政の主人は国民である」

という認識があり、

「愛民」

という気持があった。江戸時代の政治は、国政（幕政）といわず地方行政（藩政）といわず、儒教の影響が強い。武士の国学的学問はすべて儒教である。それも朱子学が多かった。儒教の教えに、

「民はよらしむべし・知らしむべからず」

という言葉がある。現在ではこの言葉は、

「非民主的考えだ」

と一擲《いってき》される。しかしよく考えてみると、もしも政治家がこの文章の本義に徹していたら、それはそれでよいことではないのかとも思う。つまり、

「民が安心して日々の生活に没入できるように、政治家が責任を全うしていれば、民に余計なことを知らせることもなく、民は政治に頼り切るだろう」

という意味にもとれるからだ。そうであれば、今のように過度の情報公開や政治への参加回路の設定なども、随分と発想が違ってくるはずだ。佐久間象山は、この、

「政務を行なう武士の責任」

を人一倍感じていた人物だといえる。

漢文の素読は父一学から受けたが、本格的な勉強はやがて藩の家老鎌原桐山について学ぶようになる。十五歳のときに藩主幸貫に謁したことは前に書いた。この頃、かれは異常に「易《えき》」にのめり込んでいる。のちにこんな詩を作った。

吾れ年十有五　易を象山の麓《ふもと》に読む
玄《くら》き夜に辞象を玩《あそ》び　或る時は晨旭《しんきょく》に至る
宴会一《ひと》えに何《な》んぞ欣《うれ》しき　理妙は心日を照らす
父老はその精を嗟《なげ》き　友朋はその確かなるを称《たた》う

この詩の中に問題が二つ含まれている。かれが易にのめり込んだことが一つ。もう一つは、「象山の麓」という場所を指定していることだ。かれの住んだ家は現在県の史跡として保存されている。建物はないが、当時の間取りがそのまま残されている。目の前に小さな山がある。これが「象山」だ。土地の人は「ぞうざん」と呼ぶ。象山に『象山記』というのがあり、

「象山は、信州の松城(代)の西南、数百歩の外に在り、前は低くして後は高く、そ

の状は象《ぞう》に似たり。因《よ》ってこれを象山という」

と述べ、

「自分の号は、この山からとった」

と告げている。したがって今でも問題になる佐久間の号「象山」を「ぞうざん」と読むのかあるいは「しょうざん」と読むのか論議が果てしない。一般的には、歴史の教科書もすでに「しょうざん」という読み方が定着しているので、この問題には深入りしない。しかし地元ではこの山の名をとって号にしたのだから当然「ぞうざん」と読むべきだという説が堅く存在している。日本でも珍しい例だ。つまり、地元人が「ぞうざん」と読んでいるのに、世間一般ではいつの間にか「しょうざん」と呼ぶようになってしまったからだ。象山の生誕地跡に立って眺めると、この山は低い丘に見えるが、じっさいには四七五・八メートルの高さを持っている。戦争中は大本営の大規模な地下壕が掘られて有名だった。

父佐久間一学によって、

「東に啓明あり」

という詩経の一文から名を付けられた象山は、啓之助の他に啓《ひらき》・子明《しめい》・大星・めいなどの名を使った。いずれも「啓明」すなわち明星にちなむものだ。象山記念館に展示されている自筆の手紙その他には「啓」という署名が多い。上に「平《たいら》」と書かれたものが沢山ある。佐久間家は平氏の流れだということだ。

偉人には多く、幼年時代の「天才伝説」がある。象山にももちろんある。天才が天才たるゆえんのひとつに、

「将来への予見力」

がある。同時に、過去に対する、

「記憶力のよさ」

も、あげられる。象山にもそういう話がある。啓之助が三歳ぐらいのときだったという。母に背負われてある寺に行った。参詣が終わって門前で休んでいると、背中の啓之助がしきりに母の背に何か書いている。

「何をしているの？」

母のまんがきくと、啓之助は背中でニコニコ笑いながら、

「字を書いています」

と答えた。驚いたまんが家に戻って夫の一学にこの話をすると、一学はほうと目を輝かせ、すぐ紙と筆を持って来た。そして啓之助に、

「母の背に書いていた字を書いてごらん」

といった。啓之助は頷《うなず》くと、一気に、

「禁」

という字を書いた。これは、禅寺によく、

「葷酒《くんしゅ》(ネギ、ニラなどの臭い野菜や酒)の持ち込みを禁止する」

と書かれた立石があるので、大林寺の「禁葷酒」という字だろうといわれる説と、

「いや大林寺は佐久間家から遠い。近い寺は恵明寺なので、その入口に書かれた字だろう」

という二説がある。恵明寺の方は「不許葷酒入山門」となっているので、三歳の啓之助が最初の字を覚えて書いたとすれば、「不」の字だろうという推測が行なわれている。だが、啓之助はその頃気管支を患っていて、御安町の立田梅斎という藩医のところへ加療に通っていたので、その道筋に当たる大林寺に立ち寄ったとも考えられる。

この頃啓之助は、すでに易の六十四卦《け》の名を全部暗誦していた。これは父の影響を受けている。一学は、毎晩寝る前に必ず筮竹《ぜいちく》と算木《さんぎ》を使って卦を立てた。そして実践的に、

「易経の経義」

を解読していた。そんな時幼年の啓之助はいつも父の側にいた。やがて、門前の小僧習わぬ経を読むで、自分でも筮竹や算木を並べはじめた。そんなことをしているうちに、ついに六十四の陰陽の組合わせとその名を覚えてしまったというのである。啓之助が三歳になったときは、父の一学はもう六十歳だ。普通の家庭なら、祖父と孫の間柄になる。それが父子として、夜遅くまで筮竹や算木をいじりながら、二人で笑い合っていた関係は実にほほえましい。そんな時にも父の一学はいつも、象山に向かって、

「おまえは東方の啓明だ。そのことを生涯忘れるな」

と告げた。おまえは東方の啓明だということは、

「天の明星のように、この世を照らせ、そして輝かせろ」

ということである。啓之助の頭の中に、

「自分は明星だ」

という自覚が、皮膚感覚として染み付いた。象山は、

「明星だということは、日出時に世の中を照らし、日没時にもまた世の中を照らすということだ」

と、朝と夕べの両時間帯に亘《わた》って、自分の役割が意義付けられていることを自覚し

た。

この自覚が象山の生涯を貫く。だから象山の志は、

「単にすぐれた人間になるだけではなく、この世を照らす明星になることだ」

というものであった。しかしその明星も小さい時はかなり悪戯《いたずら》者だった。それはやはり自分に対する自信から来ている。近所でも、よく喧嘩《けんか》をしては仲間の子供を泣かせた。苦情が佐久間家に来る。苛《いじ》められた子供たちも、啓之助を遠巻きにしながら石を投げて、

「このててっぽう（この地方の方言でふくろうのこと）め」

と罵《ののし》る。耳の存在がはっきりしない啓之助の容貌を指さして、そんなことをいうのだ。啓之助はさらに怒る。

「わたしはててっぽうではない。明星だ」

といい返す。子供達は囃《はや》し立てる。

「なにが明星だ！　おまえはててっぽうだ」

とさらに言葉の礫を投げる。啓之助は、

「こら、待て」

と子供達を追いかける。子供達は足速に遠くへ逃げて、

「やーいやーい、ててっぽう！」

とからかう。

こんなことは父の一学や母のまんにもすぐ知れる。まんは、

「啓之助にも困ります。少し強く叱《しか》ってください」

と夫に頼む。一学は、苦笑するだけでなにもいわない。が、やがて戻って来た啓之助に、

「啓之助、庭に出なさい」

といって木刀を持たせる。そして激しく打ち合う。これが一学の、

「無言の教訓」

だった。汗びっしょりになって啓之助が思わず、

「父上、参りました」

と土の上に膝《ひざ》を突くと、一学は汗を拭《ぬぐ》いながらこういう。

「啓之助よ、おまえはいつもいい聞かせているように東方の啓明だぞ。地上を照らす星は、つまらぬことには関わるな」

遠回しな教訓だ。啓之助はばかではない。

「佐久間家の麒麟児《きりんじ》」

として、周囲でも啓之助の他の子供達にない英明さを認識している。後年、象山が、

「孤高狷介の性格で、傲岸不遜だ」

といわれるようになるのは、この小さな時からの扱われ方にもよるのだろう。つまり、

「啓之助は天才だ」

ということが松代の地域全体の常識になれば、嫌でも本人もそう思い込む。つまり、

「自分は、他の子供達よりも一段と優れている」

という自信を持つ。幼年時から培《つちか》われたこの自信が、後の孤高狷介・傲岸不遜の性格に繋《つな》がらなかったとはいえない。となると、それは家庭の躾《しつけ》や教育にも原因がある。父の一学が、啓之助に対し、

「おまえは常に、東方の啓明だと思え」

と告げることはいい。しかしそのことが自信ばかり持たせて、他人に対する謙虚さを失い、自分の欠点に目をつぶるような性格に育てたとすれば、これは親の責任になる。この辺が難しい。その難しさを父の一学も母のまんもよく感じていた。が、二人

とも啓之助の性格をよく知っていたから、

「今から啓之助の能力を押さえ込むような叱り方をすると逆効果になる」

と考えていた。だから父の一学も母のまんも、啓之助が悪戯をしたり、喧嘩をしたりして、関係者から苦情を持ち込まれてもひたすら謝罪するだけで、そのことを啓之助に告げて強く叱責するようなことはしなかった。間接手法で、啓之助のいわば、

「自省」

を求めたのである。

こんなことがあった。長屋に清左衛門という老人が住んでいた。貧しい暮らしをしているので、よく日当りに筵《むしろ》を敷いて籾《もみ》を干していた。ところが、そんなことはお構いなく啓之助は仲間とこの筵の上で取っ組み合いの相撲を取った。籾が全部散ってしまった。たまたま外出していた清左衛門が戻ってきた。この光景を見てびっくりした。思わず、

「こら！」

と怒鳴った。他の子供達は、蜘蛛《くも》の子を散らすように逃げてしまった。しかし啓之助は一人残っていた。ぐっと清左衛門を睨《にら》みつけていた。こんな時の啓之助にも、

（わたしは東方の啓明だ）

という誇りがある。しかし清左衛門にとっては、相手が明けの明星であろうと、宵の明星であろうとそんなことはお構いない。清左衛門にとって一番大事なのは何よりも筵の上に干した籾だ。それが全部道端に散ってしまっている。清左衛門は嘆いた。悲痛な声でこういった。

「啓之助様はお武家様のご子息です。お武家様の役割は、弱い民を守ることではないのですか。それなのにお前さまは、われわれ貧乏な民が筵に干していた籾を全部散らしてしまった。弱い民を苛めるようでは、とてもあなたは立派なお武家様にはなれますまい。そこのところをよく考えてください」

「…………」

啓之助はじっと黙ったまま清左衛門を凝視していた。胸の中で深い反省心が湧いていた。特に、清左衛門のいった、

「武士というのは、弱い民を守るのが役目ではないのか」

という一言は胸にぐさりと突き刺さった。啓之助はうなだれた。そのまま家に戻った。そして正直に出来事を父に話した。父の一学は黙って頷《うなず》いた。やがてこういった。

「清左衛門のいうことは正しい。おまえが間違っている。東方の啓明は、弱い民に温

かい光を投げかけるのが役割だ。二度と過ちを犯すな」

啓之助は頷いた。そして手を突き、

「父上、申し訳ありませんでした」

そう謝罪した。が一学は首を横に振った。

「わしに謝る必要はない。もし本当に悪いと思うのなら、清左衛門に詫《わ》びて来い」

このとき啓之助が清左衛門のところに謝りに行ったのかどうかは不明だ。おそらく行かなかったのではなかろうか。つまり、清左衛門に対して、

「すまない」

という気持は確かに湧く。が、実際に謝罪行動となるとなかなか腰が上がらない。つまり、生来持っている誇りがそうさせないのだ。この辺の、いわば、

「良心と誇りとの確執」

は、この時に限らず、生涯を通じて佐久間象山における大きな人生問題だといっていいだろう。しかしこの時貧しい清左衛門がいった、

「武士というのは、弱い民を守るのが役割だ」

という一言は、象山のその後の政治活動の底流となる。その意味で、少年啓之助を叱りつけた貧しい清左衛門は、象山の生涯における、

「一期一会の出会い」

の中でも、重要な位置を占める。清左衛門はまさに、象山が、

「学ぶ人」

と位置付けた人物である。

少年啓之助は馬術を藩の馬奉行竹村七左衛門について学んでいた。ある日、馬術の稽古《けいこ》をした後たまたま藩家老の恩田家の家の前を通り掛かった。門前に恩田家の次男吉一《よしかず》が立っていた。別に用があるわけではない。吉一は門前に立って、往来を通る人間が自分にお辞儀をするのを楽しんでいた。なにしろ家老の息子だから、通り掛かる武士も町人もすべて吉一に頭を下げる。吉一はそれが嬉しい。ところが、たまたま通り掛かった佐久間啓之助はお辞儀もせずに、知らん顔をして通り過ぎた。吉一はかっとした。

「おい啓之助」

と呼び止めた。啓之助は立ち止まって振り返った。

「何ですか」

「何ですかではない、なぜわたしに挨拶《あいさつ》をしない？」

「気が付きませんでした」

「そんなはずはない。往来を通る人間はすべてわたしにお辞儀をしている。おまえだけがしない。なぜだ？」

「ですから、気が付きませんでしたと申し上げたとおりです」

「いや、違う。おまえはわざとわたしを無視した。改めて礼を尽くせ」

「礼を尽くせ？」

啓之助は聞き咎《とが》めた。戻って来て吉一と向き合った。

「あなたは、用もないのに自分の家の門前に立って、道往く人々にお辞儀をさせている。道往く人があなたに頭を下げるのは、あなたに下げているわけではない。あなたの父上が藩の御家老だからお辞儀をしているだけだ。いってみれば、あなたは虎《とら》の威を借る狐《きつね》だ。武士というのは、弱い民に労《いたわ》りを持つことが大切だ。あなたは労りではなく苦しめている。そんな人間に礼を尽くす必要はない。悔しかったら、あとでわたしのところへ来るがよい。わたしが本当の礼を教えてあげる」

「なにを、この！」

散々に面罵《めんば》されて吉一は拳《こぶし》を振り上げた。しかしその前に啓之助は逃げ出していた。散々いい返してやったので清々した。それにこの間から胸の中にわだかまっていた、清左衛門のいった、

「武士の役割は弱い民を守ることだ」

という言葉が活用できたのでその分も気持が良かった。清左衛門に対するわだかまりが解けたような気がしたからである。

このことはすぐ城下町に知れ渡った。

「佐久間啓之助はさすがだ」

と褒《ほ》める者と、

「いや、あいつはばかだ。やはり、藩には藩のしきたりがある」

と貶《けな》す者とにわかれた。

その夜一学は啓之助を自分の居室に呼んだ。いつもの通り最初は筮竹や算木を扱って、易の勉強をした。一わたり済むと、一学は去ろうとする啓之助を呼び止めた。

「話がある」

「恩田吉一殿のことでございますか」

「そうだ」

父は頷いた。啓之助は正座した。父の訓戒をきく時は必ずきちんとかしこまる。その姿を見ながら一学はいった。

「おまえは、恩田吉一殿を虎の威を借る狐だといって、狐は礼を知らぬ、自分のところへ来れば礼儀を教えてやると申したそうだな」一学がきいた。

「申しました」

啓之助は自分が悪いと思っていないから悪びれずに頷いた。

「では、おまえにきく。わしを恩田吉一殿だと思え。そして、おまえが吉一殿に教えようとした礼儀とはどの様なものか、わしに教えてくれ」

「え」

啓之助は驚いた。まさかそんな角度から父が突っ込んで来るとは思わなかったからである。父はさらに切り込んで来た。

「さあ、教えてくれ。わしを吉一殿だと思って礼儀とやらを教えてほしい」

「父上」

とっさに答えが出ずに啓之助はいった。

「今日のことは、吉一殿がわたしに無礼を働いたからいい返したまでです」

「すると、何か？　おまえは、他人が無礼を働いたときはこっちも無礼で仕返しをするということか」

「そうではありませんが、今日はつい」

啓之助は詰まった。一学はいった。

「話を聞けば、たしかに非は吉一殿にある。しかし吉一殿の振舞いは自分の身分を誇りたいという、いたって低い精神からの行ないだ。なぜおまえは同じような次元に立っていい返すのだ。おまえはいつもいうように、東方の啓明のはずだ。明星は高い天で輝いている。天から見れば、吉一殿の振舞いなど一向に気には障らぬ。黙ってお辞儀をして通り過ぎてしまえばそれで済む。そんな小さなことにこだわるというのは、おまえ自身の器量が小さいためだ」

「………」

俯《うつむ》いたまま啓之助はじっと唇を嚙《か》んだ。悔しさが胸に突き上げて来る。そして、

（父は間違っている。わたしの気持を解っては下さらない）

と思った。しかし父がいった、

「恩田吉一殿にいうはずだったおまえの礼儀とやらを教えてくれ」

という一言は痛かった。いわれてみればそんなものは啓之助にはない。吉一が本当に押し掛けて来て、

「さっきいった礼儀とやらを教えてくれ」

と迫ったとしても、

「それはこういうことだ」

といえるはっきりした回答は持っていない。これは父に虚を衝《つ》かれた。啓之助は悔しさを感じつつも半分は、

（わたしはまだまだ未熟だ）

と反省した。息子の心中における葛藤がよくわかったのだろう。一学は語調を和らげてこういった。

「東方の啓明という誇りを持て。低いところへ降りて来るな。常に高いところから、多くの人に光を投げろ。それがおまえの役目だ。礼儀というのは、東方の啓明が自分のいる座を守って慎み深くするということだ。その慎みを表に現すのがすなわち礼儀だ。明星には明星の慎みがある。そしてその慎みが光となって人々を照らす。たとえおまえが、吉一殿に頭を下げたとしても、それは決しておまえが吉一殿に敗けたということにはならぬ。むしろ敗れたのは吉一殿になる。そういう器量を持て。まだまだおまえには、東方の啓明としての修行が足らぬ。もっと励むようにせよ」

と懇々《こんこん》と諭《さと》した。啓之助はいつの間にかさっきかっとした悔しさが消えているのを感じた。

「父上」

目を上げて父を見返した。目が輝きすでに一点の迷いもなかった。両手を突いてお

辞儀をした。

「今宵の御教訓、身に沁《し》みました。今後は気をつけます。あくまでも、天の明星としての修行を積みます」

「わかってくれたか。寝なさい」

一学はそう告げた。頷いて啓之助は父の居室を出た。隣室で、母のまんがほっと息をついた。母もずっと、どうなることかとこの経緯をはらはらしながら盗み聞きをしていたのである。

親だから当たり前だといえばそれまでだが、しかしこの佐久間一学の父親としての息子啓之助の教育方法には、実に頭が下がる。一学が間接手法を採ったのは、もちろん、癇《かん》の強い啓之助を直接叱責すると、却って逆効果になるから、

「やんわりと間接手法の方が良い」

と考えたことも確かだろうが、それ以上に一学は、

「子供の主体性」

を尊重していた。

明治財界の大物で、日本の資本主義発達に多大な貢献をした人物のひとりに渋沢栄一がいる。渋沢栄一がこんなことをいっている。

「個人が家庭をつくり、家庭が一郡、一町をつくる。そしてこの一郡、一町がやがて国家を形成する。そうなると、家庭は小さな政府である。この自覚がなければ、とても理想的な国家は形成されない」

今でいえば、

「地方自治の真義」

を述べたものだ。現在、地方分権が推進中だが、しかし渋沢の言葉には分権という発想はない。むしろ「地方主権」だろう。そして、その最初の石垣が個人であり、その個人が集まって形成する家庭だということだ。その家庭を、

「小さな政府」

と呼ぶのは、

「個人は、権利を主張するだけでなくきちんと義務を果たす必要がある」

という、いわば人間における「自己完結性」を述べている。人間の自己完結性とはそのまま言葉を変えれば、「人間の自治」になる。

前にも書いたが、佐久間象山は後年、

「自分は二十歳にして、一国（藩）に属することを知り、三十歳にして天下（日本）に属することを知った。そして四十歳になって、五世界（国際社会）に属することを

知った。この発想がなければ、到底志を遂げることはできない」

と、現在でいえば、ローカル（地方）から発想し、やがてそれがグローバリズム（国際感覚）に到達することを述べている。卓見だ。しかし象山の発想もそのスタートはあくまでも自身という個人だ。渋沢栄一の考えに通ずる。したがって、渋沢栄一の言葉を借りれば、佐久間一学における、

「佐久間家という家庭の認識」

は、そのまま小政府であり、小宇宙であった。だから一学は、

「その小政府の構成員である人間は、たとえ息子といえども、その人格を重んずべきである」

と考えていた。その意味では、佐久間一学は父親ではあったが、象山にとって、別な意味での、

「一期一会の出会い」

に重要な位置を占める人物であったことは確かである。親という立場を離れて、象山にとってはまさに、

「学べる師」

のひとりであった。象山の生家は、象山という山の麓《ふもと》を流れる神田川のほとりにあ

った。そのため、父一学は神渓《しんけい》と号していた。近所では親しみを持って、

「神渓先生」

と呼んでいたという。一学は剣術の道場を開いていたが、門人への教え方も親切だった。一学にはもともと、

「相手の良いところ・長所を生かそう」

という教育方針があった。だから、失敗をしてもすぐ、

「おまえは一体何をやっているのだ」

などと叱り飛ばすようなことはない。必ず、

「たとえ誤っても、すぐ改めればそれで良い」

と寛大な態度をとっていた。それは、自分の息子の啓之助に対しても道場に通って来る藩士の子弟に対しても変わりはなかった。少年啓之助が、ある時外から硯石を拾って来たことがあるという。一学は中国の賢人の例を話し、

「おまえもきっとその賢人のように大成するだろう」

と大いに褒めた。自分の後に続く者の一挙手一投足に対して一学は、

「必ずよいところをとって褒める」

という考え方を貫いた。しかしこれは前にも書いたように、象山のような癇の強

い、また自信たっぷりな人間にとっては、

「自分に都合のよい解釈」

を持ってしまうことは確かだ。一学もそのことは知っていた。しかし、

「どっちを択《えら》ぶか」

という二者択一の態度を迫られると、一学は結局は、

「相手のよいところをとって伸ばすようにしよう」

という方向付けを行なうのであった。

家老の息子恩田吉一と言い争いをしたあと、一学は恩田家に謝りに行った。そして啓之助には、

「三年間、外出を禁ずる」

と、事件の割合には厳しい罰を課した。しかし啓之助はこれに従った。そしてこの期間、一歩も家から外へ出ずに儒学の勉強に励んだ。

松代真田家の歴史

佐久間象山が父以外の学者に学ぶようになるのは、文政八（一八二五）年以後のことである。文政十一年、父は健康を理由に退職し隠居した。家督は啓之助に譲られた。この前後から啓之助は、藩の首席家老で学者としても名高い鎌原桐山に経義や文章を学んでいる。以後、天保四年に藩の許可を得て、江戸に正式に留学するまでの八年間、啓之助は桐山に学び続けた。桐山は江戸昌平坂学問所の筆頭教授である佐藤一斎の門人だった。一斎は前に書いたように、幕府の国学的位置づけのある朱子学者だったが、折々陽明学の考えも講義に挟み込んだ。しかし桐山は、純粋に朱子学を学んでいた。したがって、鎌原桐山は首席家老であると同時に、松代藩真田家における、

「正統な教育政治家」

でもあった。象山は、この桐山から四書五経を徹底して学んだ。

のちに象山は、

「賦《ふ》」

をしきりに作る。賦というのは、

「所感をありのままのべ、韻《いん》をふむ」

というものだ。同じようなものに「詩」がある。詩は、

「自然人事などへの感動や想像を、一種のリズムで表現したもの」

と解されている。残念ながら、筆者にはその差がよくわからない。

（同じようなものではないのか）

という不謹慎な感想も持つ。しかしいずれにしても象山が選んだのは賦であって詩ではないという。この賦や文章を書くうえで、象山は生涯佐藤一斎を師とした。ただし、前にも触れたように一斎の陽明学傾向は退けた。

「あなたは陽明学もお教えになるようなので、経義の講義はお断り致します。賦や文章の書き方をお教えください。賦や文章については、あなたは天下一の能力をお持ちです」

と一線を引いた妙な褒め方をしている。一斎は苦笑した。こうして、佐久間啓之助は一人前の松代藩士となった。そこで、一体松代藩とはどういう大名家なのかをここでメモしておこう。

まず松代の地名だが、何度も変わっている。ここに城が築かれたのは、永禄三（一五六〇）年のことで、武田信玄が信州を侵略し、越後の上杉謙信に対する拠点として海津《かいづ》城を築いたのがはじまりだ。信玄はここの城主として腹心の高坂弾正忠昌信《こうさかだんじようのちゆうまさのぶ》とその子昌貞父子を配した。やがて天正十（一五八二）年に、信玄の子勝頼が織田信長と徳川家康の連合軍に滅ぼされた。信長は、ここに森長可《もりながよし》を領主として入城させた。この時森が貰った石高は十八万石である。しかし、長可が在城して六十日目の六月二日に、信長が明智光秀に殺されてしまった。この地方でしばらくは争乱状況が続いたが、この地はその後徳川家康・北条氏直・上杉景勝らの争奪戦の対象となった。結局上杉景勝が城を手に入れ、城代として村上景国を入れた。その後、上杉方の武将である上条義春・須田満親が入城したが、やがて豊臣秀吉の天下になると、慶長三（一五九八）年に、田丸直昌が四万石で海津城主となった。やがて慶長五年の関ヶ原合戦の決着がつくと、徳川家康の家臣森忠政が十二万石で入城した。森はこの時、今までの海津城を〝待城《まつしろ》〟と改称した。慶長八年に、徳川家康は征夷大将軍に任命される、江戸に正式に幕府を開いた。この時家康は六男の松平忠輝を十八万石で入城させた。城代は花井吉成である。松平忠輝は、待城を〝松城〟に改めた。象山が手紙などの文章の中で、時折〝待城〟あるいは〝松城〟と書くのはそのためである。根拠がないわけではない。元和三（一六一七）年に、松平忠昌が十二万石で、同四年には、酒井忠勝が十二万石で入城している。そして、真田伊豆守信之が、十三万石で入城したのが元和八年のことであった。以後、明治維新まで約二百五十年に亘って、真田氏が領主となった。この間、正徳元（一七一一）年に、松城が松代城と改称された。真田信之の入城によって、長年混乱を極めてきたこの地域の住民たちが、やっと安心した日々の生活を送れるようになったといっていい。

松代藩主は、初代の信之に続き、二代信政・三代幸道・四代信弘・五代信安・六代幸弘・七代幸専・八代幸貫・九代幸教・十代幸民と続く。十二代幸治氏によって、真田家に伝えられてきた松代城址をはじめ、建造物や宝物などがすべて松代町（現在長野市）に寄贈された。長野市は、これらの寄贈物を大切に保存し、史料館（宝物館）をつくって展示している。

では、その真田氏というのは一体どんな家柄だったのだろうか。江戸中期の歴史学者である新井白石などをはじめとする研究者は、

「貞観十（八六八）年に、朝廷から信濃介に任ぜられた滋野恒陰《しげのこういん》の流れをくむ」と告げている。あるいは貞観十二年に信濃守に任ぜられた滋野善根が遠祖ではないかということになっている。この両者は当時信濃国府のあった小県《ちいさがた》郡に拠点を置いた。そして、一族が次々と土着し多くの分家を生んだ。真田家は、鎌倉時代に滋野の分家海野氏からさらに分かれた家ではないかといわれている。拠点は菅平《すがだいら》山麓の小県郡山家《やまが》郷にあった。ここで、「真田」を称したといわれる。

真田家の名が、史実に現れてくるのは応永七（一四〇〇）年の〝大塔《おおとう》合戦〟や、永享十二（一四四〇）年の〝結城合戦〟辺りからだといわれる。天文十（一五四一）年

に武田・村上・諏訪の三氏の連合軍と、真田の宗家海野家の対戦があったときに、海野側にいた真田家は、当主の弾正忠幸隆の勇戦によって大いに名を上げた。しかし海野側は敗れた。幸隆は上州（群馬県）に逃れる。やがて、武田信玄が幸隆を召し出し、その先鋒となり勇戦したので〝信州先鋒衆〟のひとりとして、川中島の合戦などでさらに活躍する。この頃から、真田幸隆の名は有名になり、

「北方の剛」

と呼ばれるようになった。しかし、その子信綱・昌輝兄弟は、長篠《ながしの》の合戦で戦死した。幸隆の三番目の子が昌幸である。昌幸の時代には、巧みな政略性によって、武田・上杉・北条・徳川の間をくぐり抜けた。戦国時代は、現代企業にたとえれば、

「M&A（合併と買収）」

の時代である。大勢力が小勢力を併呑《へいどん》する時代だ。嫌ならすぐ滅ぼされる。真田昌幸は四大強豪の間にあって、巧みにその中をくぐり抜けた。そのため、

「真田昌幸は表裏比興《ひきょう》の者」

と呼ばれた。

「あっちについたり、こっちについたりして、しばしば裏切るので信用ができない」

という意味だろう。しかしその政略性によって昌幸はついに信州（長野県）上田城

と、上州（群馬県）沼田城の二つの城を得た。昌幸には、長男に信之、次男に信繁（ふつう幸村と呼ばれている）がいた。二人の兄弟は、関ヶ原合戦の時に敵と味方に分かれる。それは、父の昌幸が豊臣家に恩顧を感じ、兵を起こした石田三成の味方をしたためだ。この時、信之は徳川家康の養女を妻にしていたので、家康の側についた。弟の信繁は、

「豊臣家の恩を忘れるわけにはいかない」

と頑張る。そこで父の昌幸は裁断を下した。

「兄の信之は徳川家に付け。そして、弟の信繁は豊臣側（石田側）につけ」

「父上は？」

そう尋ねる兄弟に、昌幸は、

「信繁と行動を共にする」

と応じた。こうして、真田家は真二つに分かれ、兄は徳川家に、そして父と弟は石田側に味方することになった。

関ヶ原の合戦の時に、徳川家康は自ら軍勢を率いて決戦場に臨んだ。息子の秀忠は、徳川家恩顧の家臣団を率いて中山道を上った。この時、信州を通り掛かった秀忠は、上田城に籠った真田昌幸とその子信繁の調略に引っ掛かった。秀忠の家臣団は、

「上田城を攻めると回り道になります。このまま行き過ぎましょう」

と止めたが、秀忠は聞かなかった。

「真田を滅ぼせば、この秀忠の名が上がる」

そういって、わざわざ回り道をして上田城を攻撃した。しかし、楠木正成《くすのきまさしげ》流のゲリラ戦術に引っ掛かって、秀忠軍は苦戦した。時間を食っているうちに、関ヶ原では決戦が終り、家康は大勝した。秀忠がようやく関ヶ原に達した時、戦いはすでに終っていて父の家康は怒った。

「秀忠など息子とは思わぬ。顔も見たくない」

といった。しかしこの父子の行動は臭い。それは、家康が関ヶ原の決戦場に率いた三河《みかわ》家臣団はほとんどいない。全部秀忠に従っている。考えようによっては、

「家康は、万一を恐れて三河譜代の家臣を秀忠の供をさせ、温存したのだ」

といえないことはない。ヤラセだ。そうなると、秀忠軍が上田城の真田父子を攻撃したのも、考えがあってのことだ。

しかし、合戦後真田父子は罰を受けた。昌幸・信繁父子は紀州（和歌山県）の九度《くど》山《やま》に流された。そして、不遇のまま昌幸は慶長十六年に死ぬ。やがて、三年後に大坂の陣が起こる。冬の陣はすぐ講和したが、夏の陣は激戦だった。この時大坂城から突

出して出丸を築いた信繁は勇戦し、一時期は徳川家康の本陣にまで中央突破を試みた。家康の陣は大いに乱れた。それだけに、真田信繁に対する家康の怒りは強かった。

しかし、兄の信之はよく徳川方のために奮戦した。その功績によって、沼田城の三万石を含み、十三万石の石高を持って、信之が松城城に入城したのである。したがって松代藩真田家の藩祖は信之だ。

佐久間象山が仕えたのは、その信之から八代目の幸貫と九代目の幸教の時代であった。幸貫の先代幸専は、真田家の出身ではない。井伊家から養子に入った。そして、この幸専にも子供がいなかったので、幸貫は白河藩主松平定信の家から養子に来た。家督を継いだのは文政六（一八二三）年のことで、幸貫は三十三歳だった。佐久間象山が家督を継いだのは、文政十一年十八歳のときである。父の一学が隠居し、家を継がせた。象山が継いだのは父の学問だけではなく剣術の道場も引き継いだ。それなりに象山も剣をたしなんでいた。

藩主の真田幸貫は、父の松平定信が展開した、

「寛政の改革」

に熱意と関心を持っていた。定信は、

「白河楽翁」

と呼ばれた名君だ。定信は、八代将軍徳川吉宗が創始した〝御三卿（田安・一橋・清水の三家）〟の筆頭田安家の出身だ。田安家の長男だったが、一橋家の当主治済《はるさだ》と時の老中首座田沼意次《たぬまおきつぐ》の策謀に遭って白河藩松平家の養子に押し込まれてしまった。一橋治済にすれば、自分の息子の家斉《いえなり》を将軍にしたかったし、また田沼意次にすれば、もしも田安定信が将軍になれば、田沼の重商主義的な経済政策と政商との癒着を批判するあまり、

「徹底的な勤倹政治」

が行なわれるであろうことを恐れて、定信を白河藩松平家に押し込んでしまったのである。

しかし白河藩主になった定信は、善政を次々と行なった。現在の「敬老の日」の創始者は定信である。しかもかれは、九月十五日という年に一度の敬老の日ではなく、毎月これを設けた。居城小峰城に、その日になると城下町から年寄りを呼んだ。御馳走をして意見を聞いた。

「あなた方老人には、皺《しわ》と皺との間に経験という大切な宝石がある。その宝石をこの若い藩主のために役立ててはくださらぬか」

と頼んだ。定信の温かい毎月の行事に老人たちは喜んだ。勢い、城下町の若者の気風が改まったという。つまり、

「敬老精神」

を遺憾なく発揮するようになったのだ。また、定信は、

「日本で最初の公立公園」

を造ったことでも知られている。現在でも市民のレクリエーションの場として愛されている白河市立南湖公園がそれだ。定信は吉宗の孫だった。そこで祖父を尊敬し、その善政をそのまま白河藩政に取り込んだ。吉宗は、〝米将軍〟と呼ばれる。これは別に米価を操作したからではない。現在でいえば、吉宗は〝少子化対策〟に対し、

「日本の人口を増やすためには、食糧の増産を図らなければ駄目だ」

と考えて、積極的な増反政策を行なった。農業技術にも工夫を凝らした。それまでの関東流を生まれ故郷の紀州流に改めた。埼玉県に残る見沼《みぬま》用水は、その時の産物である。吉宗時代には、大いに新田が開発された。関東地方に残る〝ナニナニ新田〟と呼ばれるものは、この頃の開発が多い。孫の定信も祖父に倣《なら》った。そこで、灌漑《かんがい》用水の水源を探した。南湖という沼があった。定信はこの沼を新しい灌漑用水の水源に指定した。そして、南湖の周りに沢山の植物を植え、四季折々に市民が楽しめるように

公園化した。そしてさらに、これらの造成事業には失業者を採用した。きちんと賃銀を支払った。つまり、

・南湖を新田開発のための灌漑用水の水源として活用
・周囲の公園化
・その造成に失業者の採用

という、いわば〝一石三鳥〟の方策を展開したのである。かれは〝楽翁〟と号した。普通なら、

「楽しむ翁（男性の老人）」

と読める。が、かれの業績から考えると、

「翁（老人）を楽しませる」

と読んでもいいような気がする。

白河藩政で実績を上げた定信に、世論は、

「老中（総理大臣）になって、白河藩政の経験を大いに国政に生かしてほしい」

という期待に湧いた。当時の老中首座田沼意次は、確かに経済を盛り上げる重商政

策は行なったが、しかし本人が賄賂《わいろ》を取るので、

「汚れた政治家の代表」

と見られていた。こんな落首が詠まれた。

田や沼や　汚れた御世を改めて　清く澄ませよ　白河の水（今の政治は田沼によって泥田のように汚れてしまった。白河藩主の松平定信様よ、あなたのその清く澄んだ政治をそのまま幕府政治に持ち込んでほしい）

というものだ。

松平定信はこの世論に応えて颯爽《さっそう》と国政の責任者として登場した。そしてかれが展開したのは、まず幕府役人の叩き直しであった。

「学問吟味」

である。

「幕府の武士が、その心得として当然修めていなければならない学問と技術を持っているかどうか」

を実際に試験した。今でいえば、国家公務員の再試験である。また、福祉政策にも

意を用い、祖父の吉宗がつくった小石川養生所の強化拡充や、犯罪者が更生して社会復帰した時に食べていけるような技術を教える、

「石川島人足寄場」

などもつくった。同時に、江戸市民に対し、

「権利と義務のけじめをつける」

ということで、小石川養生所の運営費をはじめ、江戸の都市施設の創設やその管理運営に必要な経費を、江戸の全町会から拠金させた。これが「七分積立金」である。これは、

「江戸中の全町会が、毎年の町会費を節約し、節約額の七〇パーセント（七分）を拠出する」

というものであった。

定信は、このように清廉潔白な国政を展開したが、将軍と天皇の尊号問題で躓《つまず》き、老中の座から退く。しかしその善政は、後々までも慕われた。

しかし松平定信にすれば、改革方針はすべて、

「祖父吉宗が展開した享保の改革に範をとる」

ということだった。したがってその子である幸貫にしても、

「松代藩政において、父定信の白河藩政や寛政の改革で展開した善政を模範にしたい」

と考えていた。改革の根本は、

「華美贅沢《ぜいたく》な生活を戒め、特に松代城に勤務する武士には文武両道という武士の初心原点を重んじさせる」

というものである。特に学問の修業については熱を入れた。さらに、

「松代藩士で、将来有望な者」

を物色した。まず眼についたのが、自分の右筆を務めている佐久間一学の息子啓之助であった。そこで幸貫は、啓之助に特別なポストを与えることなく、

「当分、学問の修業に専念せよ」

と命じた。重役たちが反対した。

「当家では、そのような例はございませぬ」

これに対し幸貫は、

「例がなければ新しく作ろう」

と軽くいなした。この幸貫との出会いは、象山にとって、かれの生涯を貫く、

「一期一会の出会い」

の中でも、特筆すべき事件である。特に天保十二（一八四一）年に、主人の幸貫が老中首座水野越前守忠邦に招かれて、幕閣の一員になってから後の象山は、まさに、

「藩主の片腕」

として、特に智謀の面における文字通りの〝ブレーン（頭脳）〟としての役割を果たす。

この頃の幕政は、第十二代将軍徳川家慶が最高責任者になっていたが、必ずしも家慶の思い通りにはいかなかった。それは、天明七（一七八七）年に将軍職に就いてから、天保八年にその職を退くまで、実に五十一年の長きに亘って将軍職を占めていた十一代将軍徳川家斉（松平定信を白河藩松平家に追いやった一橋治済の息子）が、隠居した後も西の丸にあって、

「大御所政治」

を行なっていたからである。現在でいえば、退任した社長が会長となっても実権を放さずに、新社長のやることにいちいち口をはさむというのと同じだ。老中水野越前守忠邦は、天保五年三月にその座に就いていたが、これもまた思うように幕政を展開できない。水野はかつて、肥前（佐賀県）唐津《からつ》藩主だったが、かねてから、

「青雲の要路に臨みたい」

という政治的野望を抱いていた。しかし唐津藩は、長崎防衛の任務がある代わり、

「幕政参与を免ずる」

という体のいい、

「管理中枢機能からの除外」

の扱いを受けていた。これに不満を持った水野忠邦は、幕府要路に積極的に働き掛け、賄賂を贈ってついに本州の遠江（静岡県）浜松藩主に割り込む。前浜松藩主に非行ありとして、これを告発したのである。それほどかれは本州の大名になって、幕政に参画したかった。唐津藩は、公称六万石といわれているが、実際には朝鮮などとの貿易収入も含めて、実収は二十万石もあるといわれていた。そのため家老の中には、

「いま、御老中になられても、藩の出費が嵩《かさ》むばかりでございます。浜松は同じ六万石と申しても、公称どおりの収入しかございません。無理に幕府の要職をお引き受けになるよりも、このまま唐津にいた方が藩は豊かでございます」

と反対した。しかし政治的野望に燃える忠邦は承知しなかった。諫言《かんげん》をした二本松大炊という家老は腹を切った。つまり諫死《かんし》した。が、それを振り切って忠邦は浜松藩主になり、やがて大坂城代のポストを得た後に待望の老中に就任した。しかし、大御所家斉が生きている間は、当の将軍家慶が遠慮しているくらいだから、その家臣であ

る水野には手も足も出せなかった。ところが、天保十二年の一月に、家斉が死んだ。家慶は思わず水野と顔を見合わせた。そして、

「かねてから、その方がやりたいと思っていた改革を進めよ」

と命じた。

水野が進めた改革が、

「天保の改革」

である。水野は、

「享保・寛政の改革に範をとる」

と方針を定めていた。すなわち八代将軍徳川吉宗とその孫松平定信の改革を手本にしようと志したのである。同時に、識者の一部では、

「水野の改革を触発したのは、水戸藩主徳川斉昭の水戸藩における天保の改革である」

ともいわれる。したがって、この頃の水戸藩主徳川斉昭は非常に意気軒昂《けんこう》だった。ブレーンには有名な学者藤田東湖がいる。

「水野の改革は、わしの真似だ」

という自信があったせいかどうか、斉昭は水野にある人事を勧めた。それは、

「松代藩主真田幸貫を、老中の一人に加えよ」

という助言である。水野は渋った。というのは、真田家は外様大名だ。外様大名が幕閣に入閣した例は今まで一度もない。幕閣は常に三河以来の譜代大名によって構成される。しかし徳川斉昭は、

「その方がこれから展開する改革も、享保・寛政の改革に範をとるそうではないか。であれば、寛政の改革を推進したのは白河藩主松平定信殿であり、真田幸貫はその息子だ。別に子細はあるまい。国情多端のおり、そういう新例をつくることも、幕府政治に新風を吹き込むという意味で非常に意義があるのではないか」

と強引に勧めた。水野はこれに従った。水野自身も、当時は孤立していた。それに、

「賄賂を使って、前浜松藩主を追放し、その後釜に座った水野の野心は見え見えだ」

と、かれの老中就任はあまり評判がよくない。そんなときに、外様大名の真田幸貫に恩を売って入閣させれば、おそらく自分の味方になるに違いないと思った。それに、徳川斉昭の助言の中には、

「今後の幕政改革には、国防問題を一本の大きな柱として据える必要がある」

というのがあった。そこで水野は、真田幸貫を入閣させると同時に、その職務を、

「海防掛」

とした。国防問題は今までの老中の職務としてははっきり定められていない。日本周辺に外国船の出没がしきりになった今日、国防問題はないがしろにできない。そこで、

「その問題に造詣《ぞうけい》の深い真田幸貫を、外様大名ではあるが新たに幕閣の一員とする」

ということは、十分理屈が立った。真田幸貫は入閣した。この時から真田家は、

「準譜代」

として扱われることになった。その頃の真田幸貫に、この要職を遂行できるだけの十分な国際知識があったかどうかは疑問だ。そこで幸貫は、眼をつけていた佐久間象山を「顧問」として、海防掛担当老中の職務遂行に役立たせようとしたのである。

名君は必ず財政難を引き起こす

しかし、象山もそれほど西洋事情に明るいわけではない。主人の幸貫もそのことは十分に知っていた。そこで、

「江川太郎左衛門を屋敷に招いた。江川はすでに西洋砲術の大家であり、門人たちにその術を教えている。わが藩邸において、この実演をさせるから見学せよ」

と命じた。松代藩江戸藩邸において、江川太郎左衛門は門人たちを指揮し、堂々と西洋砲術の実際を演じて見せた。象山は驚嘆した。象山は藩主の命によって、ただちに江川太郎左衛門に入門した。しかしこの時は象山一人ではなく、幸貫は四十人の藩士を同時に江川の門弟にさせた。

江川太郎左衛門は、伊豆韮山《にらやま》の代官だ。西洋砲術家であり、海防策をはじめ種々の発言を行なっている。当時としては、かなり開明的な人物であった。名は英龍、太郎左衛門は江川家世襲の通称だった。江川家は、徳川家よりもずっと古く鎌倉時代から伊豆地方に勢力を張って来た。代官を命ぜられた後は、伊豆一国だけではなく、武蔵・相模・駿河・甲斐などの諸国の天領を支配した。その支配地の石高は実に数十万石に及んだという。大大名の管理能力を持っていた。英龍は、天保六（一八三五）年に、三十六代目の太郎左衛門を継いだ。しかしそれまでは、江戸の役宅で代官の見習や、神道無念流の岡田十松《おかだじゅうまつ》に剣術を習っていた。岡田道場では、斎藤弥九郎を知った。斎藤はのちに九段に練兵館《れんぺいかん》を開く。〝江戸三大道場〟の一つになる。そして、斎藤は江川に私淑し、まるで僕《しもべ》のようなよき協力者となった。門人の長州藩士桂小五郎

（木戸孝允《たかよし》）が、江川の下僕的立場で、浦賀にやって来たペリーの艦隊を見学に行ったのも江川の世話による。江川はやがて渡辺崋山《かざん》や高野長英などいわゆる〝尚歯会《しょうしかい》〟のメンバーと交際する。時の老中水野越前守忠邦が、天保十年に、

「江戸周辺の海防策を立てるために、伊豆・相模・上総の沿岸測量を行なう」

と令した。責任者は目付の鳥居耀蔵《とりいようぞう》である。江川は鳥居の添え役として、測量を受け持った。鳥居側も測量を行なった。しかし鳥居側は、不十分な知識や技術しかない部下を使ったために、その測量地図は不正確だった。これに反し、江川はすでに西洋式の測量技術を持つ内田弥太郎・奥村喜三郎を起用して実施したために、正確な地図が得られた。水野老中はもちろん江川側の地図を採用した。これを恨んだ鳥居は、

「蛮社《ばんしゃ》の獄」

を起こした。蛮社というのは、南蛮という語から来た蔑視語で、洋学者を、

「蛮学を学ぶ不埒者《ふらちもの》」

と鳥居は考えたのである。鳥居自身、大学頭林述斎の次男だったので、当然その学問は朱子学に徹し、洋学を嫌っていた。しかしこのとき江川太郎左衛門は、蛮社の獄に連なる連座を免れた。

江川は長崎の高島秋帆《たかしましゅうはん》を尊敬し、多くの門人を長崎に送っている。そして、秋帆が

江戸にやって来ると、江川自身も入門した。やがて芝（東京都港区）の役宅に、

「高島流洋式砲術教授」

という看板を掲げた。代官支配地の伊豆韮山にも、砲術教授の塾を開いた。佐久間象山たちが学んだのはこの韮山の塾においてである。他に、幕臣の川路聖謨《かわじとしあきら》、桂小五郎、薩摩藩士黒田清隆、同大山巌《いわお》などが入門している。江川は砲術を教えるだけでなく、実際に反射炉をつくって大砲の鋳造を教えた。代官としては、

「常に農民の立場に立って行政を考える」

という方針を貫き、地域では、

「江川大明神」

と称えられた。農兵隊を作ったことも有名だ。江川の門に学んだ門人のうち、十人が後に、勝海舟を艦長とする咸臨丸《かんりんまる》に乗ってアメリカに渡った。しかし考えてみれば、佐久間象山が突然それまでの漢学を捨てて江川の門に入り、西洋砲術学を学ぶというのは、言葉は悪いが、

「泥縄式の勉学」

である。その意味では、藩主の真田幸貫が老中になり、同時に海防掛を命ぜられたことによって、急遽《きゅうきょ》佐久間象山を召し出し、

「西洋砲術を学べ」

と命じたことも泥縄だ。主従ともにこの泥縄式の挙に出たのは、一体どうしてだろうか。理由は主として真田幸貫側にあったと思う。

真田幸貫が、松代藩主になってから展開した諸改革の根底にあったのは、

「父松平定信を範とする」

という意向があった。

「父のように、松代藩政で業績を上げ、これを幕政に反映したい」

と思っていた。もちろん、真田家が外様大名であり、今までの幕法では絶対に江戸城の管理中枢機能に参画できないことはよく知っている。しかし幸貫は、

「あるいは？」

と念じていた。唐津藩主から無理をして浜松藩主になり、ついに老中の座を射止めた水野越前守忠邦が常に口にしていた、

「青雲の要路に参画したい」

という政治的志向を幸貫も持っていたに違いない。私利私欲からではない。幸貫は、

「父のように、自分の能力を国政において発揮したい」

と考えていた。

「そのためには、まず足元の松代藩政において、幕府や他大名が範とするような善政を展開することが必要だ」

と、早くいえば〝実績づくり〟に勤《いそ》しんだ。幸貫にとって曾祖父にあたる八代将軍徳川吉宗の享保の改革も、また父の松平定信が展開した寛政の改革も、今の言葉を使えば、

「地方自治行政においてあげた実績を、そのまま国政に反映させた」

といえる。いわば地方から中央へのボトムアップである。分権ではない。地方政治のよいところが、国政に導入されたということだ。

真田幸貫にもそういう政治的野心のようなものがあった。

しかし、幸貫のこういう積極改革に対しては、松代城内でも批判があった。特に重臣層の中には、

「殿が今のご改革をそのままお進めになると、再び真田家の財政が破綻する」

と憂うる者もいた。

正確には分からないが、佐久間象山に関する伝記や史料を読んでいて、松代藩の家老たちの中にも、幸貫・象山路線に積極的に協力した理解者と、そうでなく真っ向か

ら反対し、これに敵対するような行動をとった重役たちも沢山いる。よく名の出てくるのが、鎌原桐山《とうざん》・山寺常山《じょうざん》・恩田頼母《たのも》・河原舎人《とねり》・竹村金吾・小山田壱岐《いき》・望月主水《もんど》・三村晴山そして矢沢将監《しょうげん》・赤沢助之進・真田実道・長谷川昭道などである。このうち鎌原桐山から三村晴山に至る重役陣が、いわば、

「親幸貫・象山派」

であり、矢沢将監以下が、

「反幸貫・象山派」

になる。もちろん、その間において、幸貫・象山派に理解を示した時期もあるのだろう。が、時世が切羽詰まって来るにしたがって、

「日和見《ひより》派の多かった信濃の諸大名家」

の中でも、次第に旗色を鮮明にしなければならない立場に追い込まれた。反幸貫・象山派の先頭を切っていたのが、長谷川昭道である。長谷川昭道は松代藩内でも俊才といわれ、若いときは象山からも西洋砲術を学んだ。しかし思想的に次第に溝ができて、昭道はやがて、

「尊皇攘夷論」

の急進派になる。そして、この長谷川昭道が存在したために、松代藩も幕末維新の

ときにかろうじて、足かけ上がりで討幕軍に加わり得た。その意味では、長谷川昭道が、松代藩存続に尽くした功績は大きい。

真田家の始祖信之が死んだ時に、その遺産は二十四万両の巨額に達していたという。ところが、幕府の、

「外様大名苛《いじ》め」

は、財政面においてその策謀を極め、いわゆる、

「お手伝い」

と称して、幕府が行なうべき国内の公共事業をそれぞれ〝アゴアシ自分持ち〟で、諸大名に命じた。特に、外様大名からの、

「余剰金収奪」

の策は巧妙を極めた。参勤交代もその一つである。参勤というのは、期限を定めて大名が江戸城に勤務することをいい、交代はその勤務から解かれて、郷里に戻りいわゆる地方行政を行なうことをいう。しかし、交通機関の不自由な当時、大勢の供を連れて行列をつくって江戸城へ往復する大名たちは、各宿場で莫大な旅費を落とした。これによって、各宿場では道路などの必要施設の改善を行なった。お手伝いというのは、徳川幕府が直接管理する城の修復や、あるいは全国の河川改修、道路の整備など

である。真田家も代々この〝お手伝い〟をさせられた。

そのために、六代目の藩主幸弘の時代になると、松代城に勤務する藩士の給与さえ満足に払えなくなった。半知借上げといって、二分の一支給しかできなくなる。しかし二分の一という同率削減では、重役陣の二分の一減と下級武士の二分の一減とでは、手取り額における切実感が全く違う。そのために、幸弘の時代についに足軽たちがストライキを起こした。こんな例は大名家ではめずらしい。

苦悩した幸弘は、恩田木工《おんだもく》という武士を起用し、財政再建を命じた。木工は、

「財政再建を行なうためには、まず藩庁が藩民の信頼を得ることが先決だ」

といって、

「自分は絶対に嘘をつかない」

ということを、改革の根底に据えた。そして、直接税の負担者である農民たちとは、対話を行ない、その納得を得て財政運営を行なった。しかし、積極的な経営政策はそれ程なく、せいぜい、

「年貢の全納」

ぐらいが実績を上げた程度である。木工の業績について詳しくは触れられないが、総体的にその改革の実効はそれほどめざましくなかったような気がする。ただ、

「藩庁の信頼を取り戻そう」

とする、かれの倫理的な行政改革の姿勢は大いに称えられていいだろう。その実効はともかく、恩田木工のこの改革方針を、

「あるべき改革者の姿だ」

とその後も長く信奉する武士も沢山いた。象山の時代でも同じだった。こういう堅実な改革精神を持つ武士たちから見ると、たとえ名改革者松平定信の息子ではあっても、どうも新藩主真田幸貫のやり方は危なっかしい。堅実な重役から見れば、

「幸貫様は、再び松代藩財政を傾けるのではないか」

と危惧するのも無理はなかった。

これは、真田幸貫を老中に推薦した水戸藩主徳川斉昭も同じだ。斉昭は、その父が死んだ時に相続問題でもめた。というのは、重臣たちが、

「斉昭様が藩主になると、水戸藩の財政が乱れる」

と危惧したためである。このことは、薩摩藩主島津斉彬《しまづなりあきら》の場合も同じだ。斉彬も藩主になるときにもめた。やはり、重役が、

「開明的で豪毅《ごうき》な斉彬様が藩主におなりになると、再び薩摩藩の財政が傾くおそれがある」

と収支の面を心配した。よく江戸時代の大名家に〝お家騒動〟というのが起こった。すべて陰湿な相続問題で片付けているが、実態は違う。むしろ、

「財政政策の選択の問題」

である。つまり積極財政で行くのか、あるいは緊縮財政で行くのかの争いだ。

「家を相続する人物が、どちらの財政政策を選ぶか」

ということでもめるのだ。したがって、幸貫に対する老臣群の危惧も、真田家だけのことではなかった。他家にも多々例があったのである。

しかし、幸貫は自分の信念に忠実だ。

「自分は間違ってはいない」

と思っているからだ。間違っていないというのは、

「松代藩政は、真田家だけの私有物ではない。国家の真田家である。したがって、幕政との関わりを綿密に考えなければならない」

と思っていた。これは現在でいえば、

「地方と中央は、パートナーシップを発揮して政治を行なう」

という考えである。この幸貫の考え方が、折りに触れて佐久間象山に伝わる。くり返しになるが、象山が後に、

「二十歳にして一国（松代藩）に属するを知り、三十歳にして天下（日本国）に属するを知った。四十歳にして、五世界（国際社会）に属することを知った。すべからく、この認識によって行動しなければならない」

と書くのは、幸貫の影響もかなりある。

さらに幸貫は、

「名改革者松平定信の息子」

という意識と誇りを持ち続けた。そして、

「父のように、松代藩政で上げた実績を徳川幕政に生かしたい」

ということは、当然手続きとして幸貫自身が老中にならなければだめだ。が、真田家は外様大名である。

「この壁をどう乗り越えるか」

ということを、幸貫は、ひとつは名改革者松平定信の息子であるという事実と、もう一つは、

「松代藩の改革実績によって、それを示そう」

と考えた。そうなると、自分の政策を危ぶんで、ことごとに文句を言い、あるいは反対するような連中とやりあっていても時間の無駄だ。

「他から抜きんでて、そういう状況から脱せるような有能な人物が要る」

と考えた。そしてそのメガネにかなったのが佐久間象山だったのである。幸貫は佐久間象山が、

「他人と協調性がなく、妥協性が薄い。常に己を高しとして、他人のいうことはきかない。孤高狷介の性格だ」

ということは十分に見抜いている。しかし、逆にいえば、

「そうだからこそ、今までの古い慣習を突き破って、新しいことができるのだ」

と思えた。

陽明学を嫌った象山

幸貫が佐久間象山にいかに期待を持っていたかは、象山を二十三歳（天保四年・一八三三）の秋、佐藤一斎のところに留学させたことでもわかる。一斎はいうまでもなく、幕府の大学昌平坂学問所の筆頭教授だ。実質的な総長だった。このとき幸貫は、象山の留学について、

「学費や生活費をすべて藩でみるように」

と命じている。重役たちは反対した。それでなくても象山のわがままな性格を幸貫が全面的に容認していることが気に食わない。そこで、

「真田家には、過去にそういう例はございません」

といった。幸貫は微笑んだ。そして、

「例がなければ、新しく作ろう。今は非常の時である。常時とは違う」

といい捨てた。重役は渋面を作った。この時重役の一人がいった。

「殿は、なぜ佐久間啓之助のように性格の悪い若者をご庇護なさるのですか」

すると幸貫はこう応えた。

「わしは、啓之助の清い精神が好きだ」

「清い精神?」

意味がわからない。同席していた重役たちは思わず顔を見合わせた。幸貫は静かな微笑みを浮かべたまま、重役たちの反撃を待っていた。重役の一人が向き直ってきいた。

「清い精神とはどの様なものでございましょうか?」

その重役のいい方の底には、

「殿は、われわれにはその清い精神がないとお思いでございますか？」

という詰問の調子があった。幸貫は微笑みの色をさらに深めた。こういった。

「その方たちにはわからぬかも知れぬが、啓之助の精神の清さは無類なものがある。そして啓之助自身、それを掘り当てた時から懸命になってその清さを世に問おうとしている。かれは胸の底にある精神の清さを掘り起こし、これを保持するために必死の努力をしている。その精神を汚すような夾雑物《きょうざつ》や、一切の汚染を自ら排除しているのだ。そのためにかれの性格が孤高狷介といわれ、傲岸不遜といわれる。しかしそれは裏返せば、啓之助の精神の気高さであり、同時にまたかれがそれを絶対に汚すまいとする努力の現れなのだ。それゆえに、啓之助は日常ともすれば、俗臭にまみれた人間と折り合いをつけない。わしは、そう見ている。そして、そういう啓之助の精神こそが、今の松代藩真田家にとって最も必要だと思っている」

「……？」

反対派の重役たちには何のことかわからない。ただ、

（殿も、文学かぶれのお人だ。だから、文章好きの啓之助をお好みになるのだろう）

と理解した。

しかしこのとき幸貫がいみじくも重役たちにいった、

「佐久間啓之助の精神の清さ」

は、まさに象山の心髄をいい当てている。幸貫が、

「佐久間啓之助は、その精神が清いがために、人と折り合えぬのだ」

というい方は、象山がしばしば他人から誤解されたことによっても立証される。

かれは、二十歳の頃活文和尚から中国語と琴を習ったことがあった。松代藩士の妻女で、琴をよくする女性がいた。これをきいた象山は早速出掛けて行って、その女性と琴の合奏をした。その訪問が度重なるので、周囲では眉を寄せた。

「あの二人はおかしいのではないか」

と疑ったのである。しかし象山は平気だった。かれは、琴を愛する一途さでその女性のところに通っていたので、猥《みだ》りがわしいことは微塵《みじん》もしていない。かれ自身も、そんな思いは持っていない。しかし周囲で噂を立てられても、その女性が否定しない。そのためにいよいよ問題が広がった。江戸詰めだった女性の夫が戻って来た。噂を聞いて、象山を詰問した。象山は堂々と応じた。やがて、象山の話を聞いた夫は、誤解を解いた。

「疑って、済まなかった」

と謝罪した。その後、この夫と象山とは無二の親友になった。これは、幸貫のい

う、

「象山の精神の清さ」

が如実に現れて、夫の誤解を解いたのである。

また、象山の精神の清さは、そのまま弟子の吉田松陰にも通ずる。松陰もまた無類の、

「至純な精神の持ち主」

であった。わずか一年三ヵ月ぐらいしか開いていなかった松下村塾から、あれだけ維新の英傑群像が次々と輩出して行ったのも、すべて松陰の、

「至純な精神の気高さ」

に胸打たれたからである。高杉晋作や久坂玄瑞《くさかげんずい》などのいわば当時のインテリだけではなく、松下村塾には農民の子やくざまでいた。が、一様に松陰を慕ったのは、その学問の高さや、講義の親切さだけではなかっただろう。松陰に接しているだけで、

「自分も浄化される。身に付いた汚染物がどんどん消去される」

というような、

「精神の濾過《ろか》」

を味わえたからだ。松陰の精神は、川の流れと同じだ。底にある石が、どんな汚れ

た水が上流から流れて来ても、必ず濾過し浄化する。汚れた水も、清澄な水となって流れて行く。そういういわば〝社会的浄化装置〟の役割を松陰は果たしていたのである。その根底にあるのは幸貫が佐久間象山に感じた、

「精神の清さ」

以外ない。幸貫はそれを象山の私物ではなく、松代藩における〝公器〟として活用したのである。こういう主人に出会ったことは、象山にとってどれ程幸福だったかわからない。だから幸貫が、周りが何をいおうと、

「わしは絶対的に啓之助を支持する」

といい張ったのは、たとえ他人に対し孤高狷介であり、同時に傲岸不遜な態度をとったとしても、幸貫にすれば、

「それは、啓之助が自分の精神の清さ・高さを、他に向かって主張する手段にすぎない」

と思っていたからである。象山がいくら、

「おれが、おれが」

と自己主張をしようと、幸貫にとっては何の苦にもならなかった。むしろ、

「それは、俗臭にまみれた他人に向かって、啓之助が自分の精神の高さをこれでもか

これでもかと押し付けていることなのだ」

と理解していた。

前に書いたように、真田幸貫・佐久間象山をはじめとする改革派に対し、多くの重役陣が心を寄せていることも、単に、

「寄らば大樹の陰」

という気持で、

「たとえ養子主人であっても、その時の権力者に従うのが利口だ」

というような処世術だけではない。やはり、幸貫・象山によって示される、

「人間の精神の高さ」

に胸打たれたからである。

現在の言葉を使えば、

「十割（一〇〇パーセント）自治」

の状況にあった当時の幕藩体制下における大名家（藩）からすれば、

「自藩の自治さえ実現できればよい」

ということになるだろう。いわば、〝藩モンロー主義〟である。しかし幸貫はそうは考えなかった。かれが、

「松代藩も日本国内における大名家の一つである」

と、国意識を持ち、同時に国防問題に関心を持つようになったことは、心ある家老たちの胸を打った。

「確かに我々は、松代藩真田家一藩のことしか考えていなかった。それを間違いだとおっしゃる殿のお言葉は正しい」

と認識する者もいた。

前例のない、

「学費・生活費の藩丸持ち」

という恵まれた状況で、佐久間啓之助は江戸に出た。藩の筆頭家老であり、同時に儒学者として名の高い鎌原桐山の推挙によって、昌平坂学問所に入門した。師として学んだのが佐藤一斎である。一斎は鎌原桐山の師でもあった。江戸へ出るちょっと前に、象山は家老の恩田頼母に、意見書を提出している。それは、「心学」への警告だった。信州一帯には、「心学」の浸透が著しく、武士の中でもこれを信奉する者がかなりいた。しかし象山は、

「心学は危険な考え方だ」

と思っていた。

心学は、京都の商人学者石田梅岩《いしだばいがん》が唱えたもので、かれの説は、

「武士が主人に仕えることによって俸禄を得るがごとく、商人は市井（まち、転じて客）に仕える家臣である」

と主張した。

「したがって、商人の得る利益はその客から与えられる俸禄である」

と唱えた。これは身分制にがっちり囲まれていた当時の日本人、特にその一番劣位に置かれていた商人を励ました。俯《うつむ》きがちであった商人は、梅岩の説によってはっきり目を上げることができた。梅岩の説は、一種の身分解放論だ、これが全国に伝播《でんぱ》した。しかし、佐久間象山は忠実な朱子学の信奉者だ。朱子学の考えの一つは、

「君臣の大義名分を重んずる」

ということだ。幕藩制度を支えていた身分制に対し、象山がどこまで異論を持っていたかはわからない。おそらく恩田頼母にこの意見書を出した時には、

「心学が浸透すると、日本の社会秩序が破壊される」

と感じていたのではなかろうか。象山の主張は、

「近頃、役人たちが心学を学んでこれを支持、農民や町民に聞かせているが、危険だ。心学は、仏氏の教え（仏教）を入れて、聖賢（聖人は孔子のこと、賢人は孟子の

こと）の教えを乱す口先だけの説だ。仏教は昔わが国の神祇《じんぎ》の道を誤らせただけでなく、古代中国でいえば、揚子《ようし》墨子《ぼくし》が孔子《こうし》の道を乱したのと同じことだ。どうか、邪曲の道を断って民衆の惑いをとくためには、心学を禁じ、聖賢の道を講じ、孝弟忠信を修めるようにしていただきたい」

というものである。

藩主幸貫の、

「学問奨励」

の風潮は、次第に松代城に浸透して行った。家老の山寺常山は、江戸から長野豊山という漢学者を招いた。松代では河原綱徳の邸で講義が行なわれた。長野豊山は、尾藤二洲《びとうじしゆう》の門人だった。尾藤二洲は、伊予川之江《いよかわのえ》出身の学者で、同時代の柴野栗山《しばのりつざん》（讃岐出身の学者）・古賀精里《こがせいり》（肥前佐賀出身の学者）と共に、

「寛政の三博士」

といわれた。二州は特に時の老中松平定信に厚遇され、

「異学の禁」

の主張者のひとりだった。その門人である長野豊山は、河原邸で孟子の講義を行なった。この時、

「我善く吾が浩然《こうぜん》の気を養《よ》う」

という孟子の論を、

・我というのは広く一般の人をさす

・吾は或る特定の個人をさす

と前提し、

「この文章における吾というのは孟子のことだ。したがって、この言葉の意味は、われわれ多数の凡人は、孟子のような浩然の気を持っていない。孟子のような賢人の持つ浩然の気を大いに養うべきだ」

と説いた。象山はこの日この講義を聴くことができなかった。しかし、あとで山寺常山から豊山の講義を聞いて、目を見張った。たちまち怒気を満面に浮かべた。

「そんなばかな話はありません。長野先生の説は間違いです」

と息巻いた。象山によれば、

・孟子は有名な「性善説」の主張者だ

・性善説というのは、人間の性はすべて善であるということで、その源は当然〝浩然の気〟でなければならない

・したがって、長野豊山先生が浩然の気は孟子独特のものだというのは間違いで、普通の人間はその浩然の気を持っていても、出せる場合と出せない場合があるということではないのか

ということである。かれは自分の意見を文書にしたためて、豊山のところに持って行った。豊山は読んだが何もいわなかった。しかし間もなく松代を去った。やがて江戸から山寺常山のところに手紙が来た。そして、

「松代はどうも居辛い。特に、口のうるさい武士がいる」

と暗に象山を非難した。しかしこれは、あるいは象山の方が正しく、長野豊山は若い象山からまくしたてられて、その意見の正しさを知ったのかもしれない。

象山はこの頃京都で有名な学者だった伊藤仁斎《いとうじんさい》・東涯《とうがい》父子についても弾劾《だんがい》の文を書いている。

「伊藤父子は、書物ばかり読んで何等役に立たぬ学者であって、経国のことに全く関心がない。時に娼家に近づいて、プロの女性が使うような道具を所持して自慢してい

る。学者の風上にもおけない」

というような激しい批判の文章だ。

このように、先輩学者たちを片っ端からこき下ろすというのは、ひとつは象山が、

「権威への反発心」

を持っていたことを物語る。象山にすれば、

「権威というものは、他人が決めるものであって自分で決めるものではない。学者が権威を持つためには、万人から尊敬されるような学説を保持していなければならない」

となる。しかしその底には、やはり真田幸貫がかつて重役たちにいったように、

「精神の清さ・高さ」

があって、その精神の清さ・高さが、

「人間社会における夾雑物や汚染物の存在を絶対に認めない」

という、いわば〝精神の潔癖性〟に基づいていた。

江戸に出た象山は、昌平坂学問所の総教（総長）の門に入り、塾頭を務めていた佐藤一斎を師として学んだ。当時、一斎の門下生には俊秀が多く、大いにその学才を磨き合っていた。が、入門してしばらく経つと、啓之助の名はたちまち知れ渡った。こ

の頃、同じ門下に後に高名な学者になる大槻磐渓《おおつきばんけい》がいたが、磐渓は、

「佐久間が眠っているところを見たことがない。何時《いつ》行っても行灯《あんどん》の前に座って、一心不乱に勉強している。君は何時寝るのだときいたら、毎日八ツ時（午前二時）でないと寝ないと答えた。では朝は何時起きるのだときくと、人の起きる前に起きているという返事だった」

と目を見張っている。しかしこういう今でいうガリ勉を続けた象山もやがて師の佐藤一斎に限界を感じる。それは前にも書いたように、一斎は昌平坂学問所の筆頭教授として朱子学を教えていたが、その実、時折陽明学を織り込んだ。象山の、

「精神的潔癖性」

が、そのまま、

「学問的潔癖性」

になった。象山は師の一斎に告げる。

「先生は、賦や文章については天下一の能力をお持ちだと思います。しかし、異学を交えた講義はどうも承服出来ません。したがって、今後は先生から賦や文章は学びますが、経書についてはご辞退申し上げます」

と凄まじいことをいった。この学問所では山田《やまだ》方谷《ほうこく》と親友になった。方谷は備中

（岡山県）阿賀郡西方村の農民の出だ。しかし、父の重英が松山藩主板倉勝職によって武士に准ずる扱いを受けた。方谷は、隣の新見藩の学者だった丸川松隠に学んで、神童といわれていた。文政八（一八二五）年二十一歳のときに、藩主板倉氏に仕えたが、やがて京都に遊学し、帰藩後中小姓に取り立てられて藩校の有終館会頭に抜擢された。天保二（一八三一）年に京都に行き、多くの名士と交わったのちに翌年には江戸に出た。そして佐藤一斎の門に入ったのである。この時、佐久間象山と親交を結んだ。やがて藩主が板倉勝静《かつきよ》に変わると、家老として松山藩政の改革を行なった。この時、藩債に対する信用が失われていたのに注目した方谷が、城下を流れる高梁《たかはし》河原の岸で、この藩債を全部焼き捨てた話は有名だ。かれは、

「信用のない貨幣など通用させられない。藩が改革を行なうのには、何よりも住民の信頼を得ることが大事だ」

と告げた。この話を聞いて感動したのが越後長岡藩の河井継之助である。河井は方谷の門に入り、帰国後は長岡藩政の責任者になる。備中松山藩主が勝静に交替し、勝静はやがて老中に進んだ。多端な幕末時の幕政をほとんど一人で背負っていたといっていい。とくに勝静は、京都二条城にいて、いわば、

「徳川幕府京都支社長」

の役割を果たした。そのため方谷は家老として、主人の留守をよく守り抜いた。維新後は備中岡山藩の藩校だった閑谷黌《しずたにこう》の復興に尽くした。

「学問を実学として、実践に活用した」

といえる。

象山が佐藤一斎の門に入門した翌年の天保五（一八三四）年、師の一斎は、

「『言志後録』ができた。忌憚《きたん》のない意見を述べてもらいたい」

と、象山に草稿を示した。佐藤一斎には、

「言志四録」

と呼ばれる著述集がある。『言志録』・『言志後録』・『言志晩録』・『言志耋録《てつろく》』の四書だ。ほかに出身地である美濃（岐阜県）岩村藩松平家の重職たちに示した、

「重職心得箇条」

などが有名だ。現在でも一斎を尊敬する人は多い。「言志四録」はそういう人々のバイブルになっている。多くの人が最も愛し、自分の信条としているのが次の言葉だ。

「少《わか》くして学べば、則《すなわ》ち壮にして為すこと有り。壮にして学べば、則ち老いて衰えず。老にして学べば、則ち死して朽ちず」

これは『言志晩録』の六〇条の言葉である。別に解説する必要はなかろう。一斎を尊敬する人の多くが、

「自分もこの様に努力しよう」

と志している。これは論語の冒頭に、

「学んで時にこれを習う。また説《よろこ》ばしからずや」

というあたりにその淵源を求めたのだろう。四録の中から、現代人に多少でも参考になるような言葉をちょっと拾ってみる。

「面《おもて》は冷《れい》ならんことを欲し、背は煖《だん》ならんことを欲し、胸は虚《きょ》ならんことを欲し、腹は実《じつ》ならんことを欲す」（言志録一九条）

意味は、

（頭脳はいつも冷静で、正しい判断が出来るようにしておきたい。背中は暖かく、他人が背を見ただけで何かを感じ取り行動の元になるような熱気を持っていたい。また、心は常に虚心坦懐《きょしんたんかい》で、人を受け入れるだけの広さと深さを持ちたい。腹は据わっていて、常に物ごとに動じない状況でありたい）

「今人《きんじん》おおむね口に多忙を説けども、そのなすところを視《み》るに、実事を整頓すること、十に一、二にして、閑事《かんじ》を料理すること、十に八、九なり。また閑事を認めて実

事となす。宜《むべ》なり、その多忙なるや。志ある者、誤ってこの窠《か》を踏むなかれ」(言志録三一条)

(現代人は、口ぐせのように、ああ忙しい忙しいといっている。しかしやっていることを見ると、実際に必要なことをしているのは十のうち、一か二だ。くだらない仕事が十中八、九である。こんなつまらない仕事を必要な仕事と思っているのだから、忙しいのは当然だ。本当に事を為そうと思う者は、こんな穴の中に入ってはならない)

また、

「士はまさに己れに在るものを恃《たの》むべし。動天驚地極大の事業も、またすべて一己《いっこ》より締造《ていぞう》す」(言志録一一九条)

(およそ志のある者は、自分の持っているものを頼むべきで、他人の知恵や財力を頼んではならない。天を動かし、地を驚かすような大事業も、すべて自分一人から割り出されるものだと感ずるべきだ)

「人、少壮の時に方《あた》りては、惜陰《せきいん》を知らず。知るといえどもはなはだ惜しむには至らず。四十を過ぎて已後《いご》、初めて惜陰を知る。すでに知るの時には精力漸《よう》く耗《こう》せり。ゆえに人の学を為《おさ》むるや、須《すべか》らく時に及びて立志勉励するを要すべし。しからざれば、則ち百《もも》たび悔ゆるともまた竟《つい》に益なからむ」(言志録一二三条)

（人間は、若いときには時間を惜しむことを知らない。知っていたとしても、まだ時間は沢山あるのだからと考えて惜しまない。が、四十歳以後になって初めて時間の大切なことが分かる。でももうその時には精力も気力も減退している。だから学問を修めるのには、気力のある若いときに志を立てて励むべきだ。そうでないとどんなに悔いても悔い足りないようなことになる）

そして、象山が師の一斎から、

「忌憚のない意見をいってほしい」

と示された、「言志後録」の中には次のような言葉がある。

「克己《こっき》の工夫は一呼吸の間《かん》にあり」（言志後録三四条）

（自分に克つ工夫は一呼吸の間にある。いろいろ思い悩まずに、すぐ行動すべきである）

「敬忠・寛厚・信義・公平・廉清《れんせい》・謙抑《けんよく》の六事十二字は、官におる者のよろしく守るべきところなり」（言志後録一九七条）

（敬忠というのは、他人を敬い忠節を尽くすこと、寛厚というのは寛大にして重厚であること、信義は人から信頼され義に厚いこと、公平は公明正大で、私心のないこと、廉清は慎ましく利益に迷わされないこと、謙抑とは人に対して謙虚で自分を抑え

ていること。この六事十二字は役人たる者が必ず守らなければならない）

「春風をもって人に接し、秋霜をもって自らを粛《つつし》む」（言志後録三三条）

（人に接するには春風のような暖かさが大切であり、自分に対しては秋霜のような厳しさをもって慎むべきだ）

ついでに『言志晩録』からメモしてみれば、

「われはまさに人の長処《ちょうしょ》を視るべし。人の短処を視ることなかれ。短処を視れば、則ち彼われに勝り、われにおいて益なし。長処を視れば、則ち彼われに勝り、われにおいて益あり」（言志晩録七〇条）

（他人を見る時はその優れたところを見るべきで、欠点を見てはならない。欠点を見ればこっちがかれより優れているため、傲《おご》りの心が生ずる。自分のためにならない。ところが彼の優れたところを見れば、彼の方が自分より勝っていることがよくわかり、さらに努力発奮する。これこそ自分の利益となる）

「小才は人を禦《ふせ》ぎ、大才は物を容《い》る。小智は一時に輝き、大智は後図《こうと》に明らかなり」（言志晩録二四九条）

（小才の利いた人間は他人の意見を受け入れずに自分の意見に固執する。しかし大才の人は胸が広く、他人の意見もよく聞く。そのため、小智は一時に輝いてすぐ消えて

しまうが、大智は時間が経つと大いにその輝きを増す）
「わが言語はわが耳自ら聴くべし。わが挙動はわが目自ら視るべし。視聴すでに心に愧《は》じざれば、すなわち人もまた服せん」（言志晩録一六九条）
（自分が口にしている言葉は自分の耳で聞くべきだ。自分の行動は客観的に自分の目で見るべきだ。自分の目で見、自分の耳で聞いて少しも恥じるところがなければ、当然人もまた敬服するはずだ）
『言志耋録』には、次のようなものがある。
「悔《かい》の字はこれ善悪街頭の文字なり。君子は悔いてもって善に遷《うつ》り、小人は悔いてもって悪を逐《お》う。ゆえによろしく立志をもってこれを率いるべし。また因循の弊無からんのみ」（言志耋録二一一条）
（悔いという字は善と悪の境目にある。優れた人は後悔をバネにして切磋琢磨して善に向かう。が、つまらない人間は悔いてやけを起こし、悪に堕《お》ちていく。だから確固たる志を立てて、ぐずぐずするような悪い習慣から抜け出なければならない）
「真の己れをもって仮の己れに克《か》つは、天理なり。身の我れをもって心の我れを害するは人欲なり」（言志耋録四〇条）
（人間には必ず真の自分と仮の自分がある。それゆえ、真の自分をもって仮の自分を

克服するのが天理だ。心が仮の自分である我が儘《わがまま》で、真の己のはずの高い精神を退けてしまうのは、結局人欲に負けるためだ）

「居敬《きよけい》の功は、もっとも慎独《しんどく》にあり。人あるをもってこれを敬しなば、則ち人なきとき、敬せざらん。人なきとき、自ら敬すれば、則ち人あるとき、尤《もっと》も敬す。ゆえに古人の『屋漏《おくろう》にも愧じず。闇室《あんしつ》をも欺かず』とは、みな慎独をいうなり」（言志耋録九一条）

（いつも敬慎の心を持つためには、独りでいるときに道から外れないようにすることだ。他人がいるから慎むという人は、その人がいなくなれば慎まなくなる。人がいないときに慎むようなら、人がいれば一層慎むに違いない）

佐藤一斎の思想や学説をよくわからずに、こんなことをいうのは無責任だが、やはり『言志録』から『言志耋録』に至る四部作を瞥見《べっけん》すると、あとに行くほど（つまり一斎が年を取るほど）、よく消化された分りやすい文章になっているような気がする。優れた人のよく練られた思想とその表現とは、そういうものなのだろう。若いときは得てして、

「易しいことを難しく書く」

という悪癖があり、年を重ねるにつれて、

「難しいことを易しく書く」

という技法を身に付けるのだ。これは単なる技法ではない。

「読み手への愛情」

だ。佐藤一斎にもそれがあったに違いない。

さて、一斎から「言志後録の批評をせよ」といわれた象山は、

「待っていました」

とばかりに、各頁について、すべて朱を入れた。大変な勢いである。先生の書いた大著書にいちいち校正をするだけでなく、その内容についても文句をつけたのだから、この頃の象山の勢いは凄まじいものがあった。しかしかれは何度も書くように、

「一斎先生からは経書は学ばない」

と、陽明学まじりの一斎の学説に反発していたから、こんなことになったのかも知れない。さすがにこれには一斎も眉をしかめた。そこで象山の紹介者である鎌原桐山に手紙を書いている。その中に、

「佐久間事《こと》、毎度精を出し文詞も上達にござ候、ただその人と為り、従来六《むつ》ケ敷《しく》候えども、それなり穏《おだや》かにも相なるべく候」

の一文がある。一斎は心の広い穏やかな人物だ。だから佐久間象山の人となりが非常に難しいことを知っていても、頭からぴしゃりと批判せず、

「やがて穏やかになるでしょう」

と紹介者の桐山を傷付けないような心遣いをしている。ときに、

「佐藤一斎は、時世を全く考えない学者だ」

と批判されることもあったが、逆にこれが、門弟三千人といわれるような多くの人々が、一斎を尊敬した大きな原因だろう。つまり一斎は包容力のある学者であって、簡単に黒白をはっきりさせない。自分の価値判断によって、

「この門人は優秀だ。この門人は愚かものだ」

と決め付けない。おそらく一斎の学者としての態度は、

「自分は学問の原理原則は教える。それをどう応用するかは、学んだ者の自由だ」

と門人の自主性を重んじていたのだろう。が、

「自分は松代の明星だ。やがては天下を照らす星になる」

と意気込む象山にとっては、かなり食い足りないものがあったに違いない。その反発もあってか、象山はいよいよ熱烈な朱子学者になっていった。しかし、一斎から賦や文章の書き方を学んだことは確かである。同時に多くの知友を得た。梁川星巌《やながわせいがん》・藤

田東湖・渡辺崋山・大槻磐渓らはその代表だ。

　こうして象山が相当背伸びをしながら、足を突っ張り手を宙に伸ばして、勉学に勤しんでいた天保六（一八三五）年の暮れになって、松代藩庁から辞令が来た。

「御城《おしろ》附《つき》月並《つきなみ》講釈《こうしやく》助《たすけ》」

が新しいポスト名であり、そのために、

「早々帰藩せよ」

という命令書が添えてあった。象山は、正月を待って帰国を決意した。

　おそらく松代藩にすれば、

「金食い虫の啓之助をいつまでも江戸で留学させるわけにはいかない。そろそろ帰藩させ修業の成果を藩に返してもらおう」

と考えたのだ。月並講釈助というのは、

「藩士たちにおまえが習得した学問を教えよ」

ということである。藩庁にすれば佐久間象山にそれだけ投資をしたのだから、その配当を寄越せということだろう。

梁川夫婦に憧れる

天保七（一八三六）年一月に、象山は松代へ戻った。母が暮らしている浦町《うらまち》の家に落ち着いた。そして藩から命ぜられたとおり、月に二回城に登って大広間で講義した。律義なかれは、非番の日も自宅を教場にして門人たちを教えた。

「自恃《じじ》の精神」

の強いかれは、自分が習得した学問（というより学説）を、他人に教えるということに、何よりも生命の燃焼感を覚えた。いわば「適材適所」の任務に就いたのである。そしてこの頃から、

「象山」

という号を名乗り出した。「ぞうざん」と読むか「しょうざん」と読むかは、前に書いた。松代へ帰る時に、親友の渡辺崋山《かざん》が餞別《せんべつ》だといって、一枚の竹の墨絵を描いてくれた。その宛書に、

「滄浪《そうろう》佐久間盟兄」

と書いてある。その頃江戸で象山は滄浪と号していたようだ。天保年間は、その初年から日本全国に亘って天候不順だった。そのため、農村は米の生産に大打撃を受けた。しかし、定められた年貢は納めなければならない。当時の、幕藩体制というシステムは、幕府という中央政府と藩（大名家）という現在でいえば地方自治体との二つで成り立っていた。財源の調達方法も、現在でいえば大名家は「十割自治」であって、

「自地域内の行政を行なうための財源は、自ら調達する」

ということになっていた。一方、幕府の方は日本全国に「天領」と名付けた直轄地を持っていた。ここから年貢を徴収する。徴収者が代官である。しかし、打ち続く飢《き》饉《きん》のために、なかなか思うように天領から年貢が集まらない。代官は躍起になった。そして、江戸・大坂などの大都市は、消費地ではあっても生産地帯ではない。次第に、江戸や大坂への米の搬入が滞《とどこお》った。それぞれの奉行は躍起になって、

「江戸へ廻米せよ」

「大坂へ廻米せよ」

と、大都市用の米を求めた。やがてそれがさらに、

「江戸への廻米」

に重点が置かれるようになった。だから、せっかく大坂に米が集まっても、すぐ江戸に持って行かれてしまう。

この米不足に便乗して悪徳商人が跳梁《ちょうりょう》した。かれらは米の値を上げただけではなく、他の物価も騰貴《とうき》させた。全国的規模で、国民は生活苦に喘《あえ》いだ。そのため、各地で一揆や打ち壊しが起こった。天保初年の長州藩における一揆・打ち壊しの勃発を端緒として、東北地方にまでその規模が及んだ。天保八（一八三七）年二月十九日に、大坂町奉行所の元与力大塩平八郎が乱を起こした。それは、大坂町奉行が大阪市民の米が払底しているにも拘《かかわ》らず、江戸廻米によって自分の功績を上げ、出世の道に繋げようと考えたためだ。大塩は怒った。彼は自分の書物を全部売却して、困窮市民の救済費に充てた。しかしそれでも足りない。それなのに奉行は躍起になって、

「江戸への廻米を急げ」

と命ずる。大塩はこの奉行に抗議した。ところが奉行は、

「隠居与力が何をいうか。引っ込んでいろ」

と怒鳴りつけた。これが引き金となって大塩は乱を起こす。しかし、その規模は小さく乱はたちまち鎮圧されてしまう。やがて大塩も潜伏先を発見され、自決する。

大塩は単に一町奉行に対する反乱を起こしたわけではない。かれは、

「神君家康公の昔に帰れ」

と叫んだ。少なくとも大塩の考える家康の時代には、悪徳商人が跳梁して市民を苦しめるようなことはなかった。したがってかれの反乱は、

「徳川幕府への反乱」

ではない。当時の世の中を悪くしていた悪徳商人や不正役人たちへの弾劾である。

しかしこのことを聞いた佐久間象山はそのようには受け止めなかった。かれは、

「大塩平八郎は、異学を学んだために乱を起こした」

と断じた。異学というのはいうまでもなく陽明学のことだ。かれは、大塩の乱の報を耳にした時に、江戸の佐藤一斎で同門だった本田思斎という学者に長文の手紙を書いている。その中で、

「大塩平八郎は、孔孟の道を尊び、仁義を崇ぶ学問を学びながら、なぜこんな叛逆《はんぎゃく》の罪を犯したのか。それはいうまでもなく、陽明学を学んだためである。したがって、自分はあくまでも朱子学を重んじ、これ以外の学問は退ける」

と書いている。この主張は、かつて寛政年間に起こった昌平坂学問所での〝異学の禁〟の論法と変わらない。その限りにおいて、佐久間象山は忠実な〝異学禁止論者〟である。

「学問は、あくまでも朱子学を以って本道とする」

という考えだ。このことは、単に学友に手紙を出しただけではない。現在の自分の立場から、家老の矢沢監物《けんもつ》に、

「学政意見書」

を提出した。これは、

「大塩の反乱にかんがみ、武士が真当な道を歩むためには、教育が根本である」

と考えたためだ。意見書の趣旨は、

「学問とは、五倫五常の道を明らかにし、人情世故に通達致し、天下国家を経済いたし候ほか、ござなく候」

といっている。この意見書の中で使った「経済」という言葉は、もともとは「経世済民（乱れた世をととのえ、苦しんでいる民を救う）」の意味である。単なる銭勘定ではない。したがって、この意見書の根拠は「大学」にあり「修身（身を修め）・斉家（家をととのえ）・治国（国を治め）・平天下（天下を平らか〈平和〉にする）」ということだ。朱子学の本領である。しかし二十七歳だったかれは、この意見書におまけをつけている。それは、

「このように、政治の中心は教育や道徳にあると思うが、いま教師の立場にある自分

はまだまだ十分な学力を身に付けていない。さらに五年か七年も学問修業を加えれば、多少は藩士たちの師表に立てるでしょう」

と付け加えている。はっきりいえばこの付記は、

「もう一度江戸で学問の修業をさせていただきたい」

ということだ。それも自費で行くのではなく、藩から学費を出してほしいという要望である。象山に好意的な矢沢監物は、この意見書を藩主の真田幸貫に見せた。幸貫は苦笑した。矢沢は、

「わたくしも象山の望みをかなえてやりたいとは思いますが、いかが致しましょうか」

「そうだな」

これまた矢沢監物以上に象山に好意を持つ幸貫はちょっと考えた。そして、

「なにか、小さな功績でも立てればよいのだが」

と呟いた。矢沢監物はこのことを吟味した。象山を呼んだ。

「藩財政は目下いよいよ逼迫《ひっぱく》している。そういう財政の中で、おまえを再び江戸へ学問修業に藩費で出すのはいささかためらいがある。どうだ？　小さな手柄を立てぬか」

「小さな手柄とおっしゃいますと?」

聞き返す象山に、矢沢監物はこういった。

「新潟奉行のところに行って、わが藩にも多少利益をもたらすような交易の相談をしてはもらえぬか」

「交易の?」

頷いた象山は、かしこまりましたと承知した。かれもばかではない。やはり今のような藩の財政状況の中で、もう一度藩費で江戸で勉強させてくれというのは少し虫がよすぎる。それでなくても、日本全体が飢饉続きで、諸国で打ち壊しや一揆が起こっている。

「そういう情勢を全く知らぬのか?」

と極楽トンボ扱いをされるのは真っ平だ。象山は、監物の指示にしたがった。天保九(一八三八)年に越後(新潟県)の新潟港に出向いた。この港は、長岡藩牧野家の所管で、新潟奉行がいた。奉行は小林誠斎といった。象山の申し入れを聞き入れることは難しかったが、話をしているうちに小林誠斎は象山の人柄に感動してしまった。

これもまた象山にとって、

「一期一会の出会い」

のひとつになる。小林誠斎も、象山の類いのない、

「精神の気高さ」

に感動したのである。そこでこんなことをいった。

「すぐとは申しませんが、もし機会がございましたら、わたくしの息子虎三郎《とらさぶろう》をぜひ先生の門弟のひとりにお加えいただきたいのですが」

「わかりました。そういう機会が訪れたら、お預かり致します」

象山も人を教えることは好きだ。快諾した。この小林誠斎の一子虎三郎が、のちに象山の門人となり、長州の吉田松陰と共に、

「佐久間門下の二虎」

といわれるようになる。松陰の通称が寅次郎だったからである。小林虎三郎は、同じ長岡藩の学友で、備中松山の山田方谷の弟子になった河井継之助と維新時に対立する。河井継之助は、

「武装中立」

を唱え、それが容れられなかったためについに政府軍と戦争をする。しかし小林虎三郎は、

「錦旗を掲げた官軍に抵抗すべきではない」

と主張し、主戦派から退けられる。が、敗戦後極度に生活困窮に陥った長岡藩のために、分家から米百俵が届けられた。多くの藩士が、

「それを分けろ」

と求めたが、小林虎三郎は首を横に振った。

「百俵の米を分けてもすぐなくなってしまう。それよりも、この米を売って子供達の教育費に当てるべきだ。困窮の時こそ、未来のことを考えるべきである」

といった。有名な〝米百俵〟の話だ。

天保九年十一月になって、象山は、

「御城附月並講釈助を免ずる、江戸の再遊学を許可する」

という辞令を貰った。同時に、かねてから願い出ていた、

「通称啓之助を修理《しゅり》に改めたい」

ということについても許可が出た。そこで、かれは啓之助を修理に改め、同時に字《あざな》の子迪《してき》を子明《しめい》と改称した。名を変えることによって、かれは、

「心機一転、改めて学業に生命を燃焼したい」

と思い立ったのである。漢学の師で家老である鎌原桐山が送別の詩を作ってくれた。出発は、天保十年の二月十二日のことだったという。江戸への途次に上田に寄っ

て、かつて華音（中国語）と琴を教えてくれた活文のところに寄った。林大輝・加藤天山らの信濃の諸学友と、

「聖学（朱子学）振興」

を論じ合った。十九日に江戸に着いた。江戸では、すでに象山の到着を待ち兼ねていた佐藤一斎門下の梁川星巌の世話によって、神田お玉ケ池に塾を開いた。だかられが、

「再度江戸へ遊学したい」

とはいっても、今回は単に師について学業を修めるのではなく、弟子を取ってこれを教えるという気持も高まっていた。梁川星巌はすでにお玉ケ池の地域名を取って、「玉池吟社《ぎょくちぎんしゃ》」という学塾を開いていた。その隣に、象山は「象山書院」を開いた。脇に五本の柳の木が植わっていたので、別に「五柳精舎」と名づけた。親交を結んだ梁川星巌は、寛政元（一七八九）年に美濃国（岐阜県）安八郡曾根村の豪農稲津長高の長男に生まれた。幼名を善之丞といった。のちに、通称新十郎といい、星巌と号した。梁川と名乗ったのは、郷里の曾根村を流れている揖斐《いび》川の房島が美濃美景の一つなので、その奇観にちなんだのではないかといわれている。家は代々農業を営んでいたが、おそらく多額の年貢を納めたためだろう、曾祖父の時代から大垣藩主戸田家か

ら名字帯刀を許されていた。幼い頃に父母を失った。しかしもともと農業は好きではない。そこで文化四（一八〇七）年十九歳のときに、家を弟の長興に譲って江戸に出た。朱子学者として有名な古賀精里の門に入った。

「いずれは昌平坂学問所に入りたい」

と思っていた。古賀精里は寛政年間に有名な〝異学の禁〟を唱えた正統朱子学者である。しかし、当時の昌平坂学問所では、農民出身の星巌を受け入れなかった。星巌は、

「学問にも身分差別がある」

と嘆いた。そこで山本北山の私塾奚疑《けいぎ》塾に入った。ここで、学問だけでなく詩作に天分をあらわし、周囲を驚嘆させた。いい気になったせいだろう、この頃から酒色に耽溺《たんでき》するようになる。その生活ぶりは非常に贅沢《ぜいたく》で、周囲の眉を顰《ひそ》めさせた。結局無一文になって、二年後に故郷に舞い戻った。家族も眉を顰めた。針の筵のような家に居辛くなり、再び江戸に出た。かつて学んだ山本北山の塾に属したが、まもなく大田錦城らとともに、

「北山十哲」

の一人に入った。しかしかれは詩作の方に関心を持ち、多くの詩人と交際した。や

がて文政三（一八二〇）年同郷の又従姉妹にあたる稲津長好の娘紅蘭《こうらん》と結婚した。この時星巌は三十二歳、紅蘭は十七歳である。おそらく故郷の人々にすれば、

「嫁を持たせれば、新十郎さんの道楽も改まるのではないか」

と考えたのに違いない。紅蘭は、名を景といった。生家は星巌と同じように美濃国安八郡曾根村の豪家であった。生業は農業だが、紅蘭の父長好は大垣藩から郷士格に列せられていた。紅蘭も子供のときから詩文と絵に優れていた。同時に、儒学や易学にも詳しい。今でいう〝才媛〟である。文化十四（一八一七）年頃江戸から戻った又従兄弟の梁川星巌が私塾を開いたので、その門に入って勉強した。主に詩作の手解《てほど》きを受けた。そして、十七歳になったときに尊敬する星巌の妻になったのである。ところが星巌は最初のうちはあまり紅蘭に身を入れて構わなかった。若妻を放り出したまま、放浪の旅を続けた。しかし、故郷へ立ち寄るたびに、

「添削していただけませんか」

と自作の詩を差し出す紅蘭を見ているうちに、

「この女性とは、結びあえる太い糸がある」

と感じた。紅蘭の文才に改めて気が付いたのだ。以後は、二人は行動を共にする。紅蘭と共に歩いたのがまず広島だった。ここでは有名な頼杏坪《らいきょうへい》（頼山陽《らいさんよう》の叔父）を訪

ね大いに語り合った。やがて九州に渡り、長崎・諫早《いさはや》・久留米《くるめ》・耶馬渓《やばけい》などで遊んだ。そして郷里曾根村の私塾である草堂に戻った。一年間近所の子弟たちを教えた。この間、村瀬藤城・神田柳渓・江馬細香《えまさいこう》らの諸詩人と往来した。文政十年三月に京都に上り、頼山陽や日野大納言資愛《すけなる》と親交を結んだ。天保三（一八三二）年に、再び江戸に行った。そして、二年後に神田柳原のお玉ケ池畔に土地を借りて塾を営んだ。お玉ケ池の畔にあったので、

「玉池吟社」

と名付けた。そしてたまたま江戸に来て、再修業の志を立てていた佐久間象山と知り合った。たちまち意気投合した。

「佐久間先生は、再修業などと謙虚なことをおっしゃっておられるが、すでに学者としては大家の風格をお持ちだ。塾をお開きになって、多くの後進をお育てになることこそ、お国に尽くすことではありませんか」

と勧めた。象山はその気になり塾を開いた。

玉池吟社の噂は高く、大名間でも、

「玉池吟社の梁川は、大した詩人だ」

と噂されていた。越前（福井県）鯖江《さばえ》藩主間部《まなべ》詮勝《あきかつ》や、近江（滋賀県）彦根藩主井

伊家の家老岡本黄石《おかもとこうせき》らが、進んで星巌に詩の添削を求めた。しかしこの頃の星巌・紅蘭夫婦の生活は貧しく、文字通り、

「清貧に甘んずる詩人夫婦」

の噂を高めていた。そういう星巌・紅蘭夫婦を、佐久間象山は半ば羨望《せんぼう》の念と、半ば尊敬の念をもって凝視していた。星巌・紅蘭夫婦との出会いもまた、象山にとって、

「一期一会の大切な出会い」

のひとつである。星巌夫婦が一目見ただけですぐ象山と親しい交わりを結んだのは、

「詩人という変わり者同士の出会いだ」

と見る人がいるかも知れないが違う。星巌夫婦も象山も、

「お互いに胸の底にある美しい魂」

を発見し、それに触れることが、今度は自分の魂をさらに輝くように磨いてくれると感じたからだ。いわば、

「美しい魂と美しい魂の遭遇」

だったのである。確かに人間の交流は、時間をかけて次第に相手の良さを発見する

場合もあるが、

「初対面でたちまち親しくなる」

という、初印象によって決定的になる場合もある。象山と星巌夫婦の出会いはまさにその一瞬において決した。これは前世からの一種の宿命だったともいえる。しかし男性と女性が互いに詩を愛し、また実際に作るということは、いわば、二つの才能が一つ屋根の下で暮らしているといっていい。だから才能と才能が、電流におけるプラスとプラスの激突のように火花を散らすことがある。星巌と紅蘭もそうだった。共に自分の詩作については、絶対に譲らないという誇りと意地を持っていた。そのために喧嘩をする。大声を上げる。それが隣家に住む象山の耳にも入って来る。その度に象山は出掛けて行って、

「まあまあ」

と仲裁した。象山も詩作が得意だから、星巌と紅蘭はたちまち象山を矢面に立たせる。そして、

「わたしの主張はこういうことなのだが、妻は認めない。どっちが間違っているか、先生ひとつ裁定してほしい」

と頼む。紅蘭の方も負けてはいない。

「いえ、違いますよ。わたしの主張はこういうことです。佐久間先生、どうぞ冷静なご判断をしてくださいまし」

と頼む。象山は二人の詩作に基づく夫婦喧嘩の仲裁をしているうちに、ある程度の、

「人間社会における折り合いの技術」

を身に付けた。しかし、この身に付いた技術は必ずしも発揮されない。象山自身が、

「おれがおれが」

という性癖が強かったからである。だから、せっかく粱川夫婦の喧嘩の仲裁に入ったつもりでも、最後には象山の方が怒り出して怒鳴りまくる始末になった。そうなると、夫婦は顔を見合わせ、

(これは厄介なことになった)

と互いに合図する。そして、

「佐久間先生、ご仲裁ありがとうございました。よくわかりました。これから互いに気を付けます」

と矛《ほこ》を収めてしまう。象山は満足して自分の家に戻って来る。この期間に象山が学

んだのは、

「けがれを知らない詩人の美しい魂が寄り添っている」

という、梁川夫婦の生き方の至純さであった。これに象山は胸を清められた。そして、

「自分も負けずに、いよいよ胸の底の魂を磨こう」

と心した。儒教や禅の教えの中には、

「人間はだれでも胸の底に輝く鏡を持っている。鏡が透明であれば、社会相がすべてありのまま映る。それが歪《ゆが》んで映るのは、鏡を自己の欲心や野望によって曇らせているからだ」

という説がある。象山はいつもそのとおりだと思っていた。だから、

「どんな時にも、自分の心の鏡を曇らせないように磨き抜こう」

と努力していた。その努力の道程で、梁川夫婦に会えたことは、かれにとっても本当に幸福であった。梁川夫婦こそ、

「自分の心の鏡を絶対に曇らせない」

という生き方を貫いていたからである。妻紅蘭の詩には、この頃の生活の苦しさを歌ったものが沢山ある。しかしどの詩にも品格が備わっていて、象山から見れば、

「紅蘭女史は、決して貧しさのために心の鏡を曇らせてはいない」

と感ずることが多かった。星巌・紅蘭夫婦の存在は、佐久間象山にとってまさに、

「理想的な夫婦像」

だったのである。それは、よくいわれる、

「内助の功」

を紅蘭が果たしていたわけではない。紅蘭は決して内助の功に骨身を惜しまないような真似はしない。逆だ。象山から見て、この夫婦は、

「男と女が共生している。それぞれが自分を主張して自己を貫いている」

と見えた。

隣同士なので始終行ったり来たりしていたが、意見の食い違うこともあった。たとえば、大塩平八郎の乱について象山は前に書いたように、

「大塩は陽明学など学ぶから、あんな乱を起こしたのだ」

といい切る。しかし星巌の受け止め方は違った。

「大塩の事件は、大塩がなぜあの事件を起こさなければならなかったかという背景を考えることの方が大切ではなかろうか」

というような問題設定をする。梁川星巌の大塩の乱に対する考え方は、

「学説が先にあったのではなく、社会問題が先にあった。大塩はその解決のために、自分の学んだ学問を注入したのだ」

ということになる。が、この頃の象山はこういう迂遠《うえん》な説は耳に入らない。あくまでも、

「いや、大塩は陽明学を学んだために、あの学問の害を自分で実践したのだ」

と、

「まず学説ありき」

という論をぶちまくる。そして、陽明学公害論を唱えるのだ。

寛政元（一七八九）年生まれの星巌は、象山より二十二歳年長だ。円熟の期に達していた星巌は、口から泡を飛ばす象山の説に苦笑する。ただ、

「佐久間先生の説はよくわかりますよ。しかし、いま世の中に起こっている事件の背後には、必ず政治があるような気がします。政治に関心を持つことも大事かも知れません」

と、やんわりと象山の、

「学者としての限界」

に軽いジャブを見舞う。事実、その後の星巌は、歴史書に親しむようになった。か

れの門下に斎藤竹堂《さいとうちくどう》がいたが、たまたま竹堂は、「鴉片始末《あへん》」を書いた。中国に対するイギリスの暴虐ぶりを綴《つづ》ったものである。これを読んだあと、星巌は、

「夜も眠れなくなった」

と紅蘭にこぼした。次第に日本国を思う情が星巌の胸の中で育っていった。星巌はじっとしていられなくなった。この頃、政局は完全に京都に移動していた。江戸は最早「政都」の機能を失いつつあった。海の彼方からやってくる異国列強の艦船がしきりに日本近海を窺うにも拘わらず、徳川幕府は何等手を打つことがなかったからである。星巌は突然、

「京都へ行こう」

と妻の紅蘭を誘った。紅蘭も賛成した。こうして弘化三（一八四六）年、五十八歳の星巌は京都へ移った。象山は残念がった。いい出会いができ、またいい議論相手だったのが、突然家を引き払って遠い京都へ移ってしまうからだ。

「残念です」

象山はぼやいた。星巌と紅蘭はにこにこ笑いながら、

「なら、佐久間先生も京都へいらっしゃいよ」

と誘った。京都に移った星巌は丸太町《まるたまち》に居を構え「鴨沂小隠《おうぎしょういん》」と名づけた塾を開い

た。後に象山も訪ねるが、他にも吉田松陰・横井小楠《しょうなん》・宮部鼎蔵《みやべていぞう》・梅田雲浜《うめだうんぴん》たち一流の思想家や志士がこの鴨沂小隠を訪ねている。星巌の思想は、

「尊皇攘夷論」

だ。

「日本国の主権者は天皇である」

と唱えた。そして、

「もしも国を開けば、総生産量が限られている日本の物資の値が高騰することは間違いない。国民は物価高に苦しめられる。断じて国は開くべきではない」

と唱えた。攘夷論だ。賛同する者が多い。が、幕府役人は警戒しはじめた。

「梁川星巌の住居には、怪しげな連中がしきりに出入りする」

と眼をつけた。やがて日本は開国し、さらに大老井伊《いい》直弼《なおすけ》は〝安政の大獄〟を断行する。この時幕府側が、

「悪謀の四天王（あるいは悪謀の問屋）」

と名づけて、四人の危険人物をこう呼んだ。梁川星巌・頼三樹三郎《らいみきさぶろう》（山陽の子）・池内大学・梅田雲浜の四人だ。安政の大獄では、この四人が真っ先に狙われた。頼と梅田は逮捕された。池内は暗殺された。そして星巌だけは、逮捕寸前にコレラに罹《かか》っ

て死んでしまった。そのため世間では、

「梁川星巌は死に（詩に）上手だ」

とからかった。

主人幸貫・海防掛老中になる

こうして佐久間象山は、せっかく知り合った梁川星巌・紅蘭夫婦を失ってしまったが、代わりにかれの本領を発揮するような状況が訪れた。それは主人の真田幸貫が幕府の老中に任命されたことである。しかも担当職務が、

「海防掛《かいぼうがかり》」

という国防問題担当大臣であった。

江戸時代には、

「経済の成長期と不況期」

が、乱暴な分け方をすれば、三回のうねりを繰り返している。経済が成長したのは、元禄、明和・安永、文化・文政の三時代だ。そして不況期が享保・寛政・天保の

三時代である。経済を盛り上げた時代の政治指導者は、必ず「重商主義」をとった。

そしてその重商主義も、

「衣・食・住など生活の文化化」

によって内需を生んだ。しかも、この三時代の政治指導者はすべて率先垂範《そっせんすいはん》の独裁者であり、ワンマン政治を行なった。周りにブレーンはほとんどいない。いても、

「仰せごもっとも」

と追随する茶坊主ばかりである。

反対に不況時代の指導者は必ず改革を行なった。しかしこれらの改革は、享保の改革推進者であった八代将軍徳川吉宗を除いては、

「エリート官僚の集団指導制（合議制）」

が主軸になった。つまり、

「官僚主導による政治」

である。それは吉宗も含めて、江戸時代の改革の主目標は必ず、

「衰えかけた幕威の回復」

にあったためだ。今考えるような、

「市民の幸福を願っての改革」

では決してない。徳川幕府も各大名家もいうまでもなく、

「武士の・武士による・武士のための政府」

であって、決して、

「市民の・市民による・市民のための政府」

ではないからだ。特に幕府のある江戸は、最初ここに入って来た徳川家康の発想によれば、

「江戸の機能は政治に限る」

というものであった。江戸ははじめから「政治都市」の性格を持っていた。しかし、いかに江戸を政治都市と機能づけ、同時に、

「武士の都」

と定めても、武士だけでは暮らせない。その生活の面倒をみる商工業者が必要だ。家康もこれを誘致した。現在も東京に残る駿河屋・尾張屋・三河屋・遠州屋・伊勢屋・甲州屋などの地域名を屋号にしている商店の流れは、家康が江戸の町づくりを行なった時に、呼び寄せた商人群である。しかし、その後大名の参勤交代や、あるいは大名の夫人・世子の江戸定住が定められると、勢い江戸に藩邸が設けられた。当然家臣とその家族も住む。この生活の面倒をみる商工業者がさらに必要になる。それだけ

でなく、江戸が発展するにつれて、

「江戸に行けば何とかなるさ」

と考える地方の住民が出る。これが次々と江戸になだれ込んで来る。江戸は次第に、

「市民性」

を強めていった。家康が当初考えた政治都市は、やがて「市民の都市」に変貌していった。そうなると今度は都市独特の運動法則が働いて、武士の意向に拘わらず江戸そのものが発展していく。徳川時代の江戸の人口は約百万といわれた。武士人口は秘密だったのでよく分からない。が、五十万対五十万ぐらいだったろうといわれる。人口の半数を占める市民のエネルギーはもうばかにはできない。そして、当時の身分制によって商人には年貢や税金がかからないから、可処分所得が増える。商人の多くがそれを、

「文化の創造と育成」

に注ぎ込んだ。江戸時代の文化はすべて市民文化である。武家文化として現在も伝えられているのは石川県金沢市における前田文化（加賀文化）だけだ。大坂・名古屋・堺・博多などの大都市の文化もすべて、

「市民文化」

である。そしてこの市民文化の支え手の多くは商人だった。つまり可処分所得を沢山持っている商人群が、文化の作り手であり支え手であった。

江戸時代の不況期には必ず改革が行なわれた。享保の改革・寛政の改革・天保の改革である。これらの改革の底を流れていたのは、

「復古と士道作興」

である。復古というのは、

「幕府の権威を家康の時代に戻す」

ことであり、

「そのために、武士や市民の生活態様も家康公の昔に戻す」

ということだ。家康は三河国の農村出身だから、あくまでも、

「質実剛健を重んずる」

という清貧を重視する。ということはとりもなおさず、幕府政策の根幹を、

「重農主義」

に置くことだ。何といっても江戸時代の主税は年貢だ。年貢というのは、米を税として納めることである。そうなると今とは全く逆な、

「増反政策」

が行なわれる。身分制で武士の次に農民が位置付けられているのもそのためだ。別にその人格を重んじたわけではない。税源として尊重しただけだ。だから家康がいったのかどうか確証はないが、

「農民は生きぬように死なぬように扱え」

などという暴言が罷《まか》り通る。地位的には武士の次にランクしていても、決してその人格を尊重した訳ではなかった。

「一所懸命働かせて、年貢を多く納めさせよう」

という根性が見え見えだ。

天保の改革を担当した浜松城主水野越前守忠邦も、もちろんこの方針を踏襲していた。三大改革の中ではかれは特に、

「幕威の回復」

に力を入れただろう。それはかれが改革を開始したのは天保十二年のことだが、その数年前に大塩平八郎の乱が起こっていたからだ。大塩の乱は、やはり、

「徳川幕府の権威も地に落ちた」

と諸国民に感じさせた。水野はこの回復に必死になった。江戸時代に経済を成長さ

せた政治指導者の中でも、十一代将軍家斉が展開した文化政策は、卓越していた。世にこの時代を、

「化政（文化文政の略）時代」

という。空前の爛熟《らんじゅく》期であり、人々の生活も贅沢になった。しかも家斉は隠居した後も西の丸にあって大御所政治を続けた。天保十二年に改革が開始されたのは、この年正月に大御所家斉が死んだためである。十二代将軍徳川家慶と老中水野忠邦は、こぞとばかり改革に乗り出した。水野は単に、幕威の回復だけのために「復古と士道作興」を唱えたわけではない。

「容器の方も改革の必要がある」

と、江戸という大きな容れ物の改革も進めた。かれの目標は、

「家康公が考えたように江戸の機能を政治都市に戻す」

ということである。文化都市化がさらに享楽都市化した江戸の町から、

「贅沢な部分」

を全部はぎ取って、捨ててしまうか、あるいは他へ追ってしまうということだ。この面で、首都江戸の粛正作業に狂奔したのが、目付でやがて江戸町奉行に登用された鳥居甲斐守《かいのかみ》耀蔵《ようぞう》である。鳥居耀蔵の出身は、大学頭林家だ。その時の当主述斎衡《たいら》の息

子だった。林述斎は前にも書いたが、林家の出ではない。美濃国（岐阜県）岩村藩主松平家の出身だ。大名の息子だ。それが時の老中松平定信の寛政の改革の一環として、

・林家を強化する。そのために、当主に大名の子息を迎える
・林家の私塾であった昌平坂学問所を幕府立の大学に変える。つまり国立大学にする
・したがって大学頭の職責は、教育関係を管理するいわば閣僚級の扱いとする

という教育改革を行なった。林家と昌平坂学問所の教える学問はいうまでもなく朱子学である。林述斎は自分でもいうように、

「自分の得意とするのは政治だ。学問はあまり得意ではない」

ということだったので、実際に昌平坂学問所の学問の総指揮を執ったのは佐藤一斎である。佐藤一斎も述斎と同じ美濃国岩村藩の出身で、述斎とは子供のときから学友だった。しかし、朱子学だけを重視し、これに対立する陽明学を退けた〝異学の禁〟事件まで起こしておきながら、その佐藤一斎は、

「陽明学も教えている」

といわれていた。この態度に憤激した象山が、

「あなたに詩作と文章の指導は受けるが、学問の指導は受けない」

と、半ば絶縁状を叩き付けた事は前に書いた。

その意味では、林述斎の息子に生まれ、朱子学を信奉して、それ以外の学問を異学と断ずる鳥居耀蔵の学術に対する姿勢は、佐久間象山と軌を一にしていたといってい い。しかし二人が心を結んだという例はない。象山から見れば、鳥居耀蔵の行動は明らかに、

「品性も品行も賤《いや》しい人間だ」

と見える。だから佐藤一斎に対する見方は同じだとしても、

「同じ天の下で共に暮らす相手ではない」

と象山は思っていた。はっきりいえば、鳥居耀蔵を軽蔑していた。

天保十二（一八四一）年六月十三日に、松代藩主真田幸貫は老中首座水野越前守忠邦に呼ばれ、

「老中に任ずる」

といわれた。閣僚として国政の最高責任者の一人に加えられたのである。外様大名

が老中になることは異例であった。先例がない。もちろん幸貫が寛政の改革の推進者で名君といわれた松平定信の息子であったこともある。さらに世間では、

「真田様が御老中になったのは、水戸藩主徳川斉昭様のご推挙によるものだ」

と噂された。それもあったろう。しかしそれ以前に、幸貫自身が相当前から、

「わたくしをぜひ幕閣にお加えいただきたい」

と熱心な働き掛けを行なっていたことは事実だ。幸貫の政治的野望といっていい。

しかしこの政治的野望は、私利私欲のためではない。

「自分の父親は寛政の改革を推進した名君松平定信だ」

という誇りと自覚が幸貫にあった。その意味では幸貫の心の半分は、松平定信の息子という立場にあり、必ずしも松代藩主としての位置に完全に根を下ろしたわけではなかった。

こういう幸貫の動き方に対し、松代藩の宿老たちは眉を寄せた。真っ向から反対する家老もいた。理由は主として財政的なことからである。それでなくても松代藩の財政は常に不安定で、巨額な赤字を抱えている。以前、恩田木工が思い切った改革を行なったが、この手法は、勤倹節約を主とし、農民の年貢の前納に頼るものであった。必ずしも前向きな積極政策ではない。しかし一応はそれで切り抜けた。したがって宿

老たちにすれば、

「恩田殿の改革以前に松代藩財政が戻るようになっては大変だ」

という危機意識があった。反対する家老はそのことを理由にした。当時、幕府の老中などになることは各藩の藩政を担当する重役たちにとっては、決して有り難いことではなかった。確かに名誉はあるだろう。が、金が掛かって仕方がない。老中手当てなどない。したがって、老中として必要な経費はすべてそれぞれの老中が属する故郷の藩地から応援して貰わなければならない。したがって幕府の要職に就くことは、大名家にとっては大変な財政負担を負うことになる。

現に、天保の改革を推進しようとする浜松藩主水野越前守忠邦にしても、彼自身は、

「青雲の要路に就きたい」

と考え、豊かな唐津藩から貧しい浜松藩に自ら異動を願い出た。反対した二本松大炊という家老が、腹を切って諌《いさ》めた。つまり諌死《かんし》した。

松代藩も同じだ。宿老たちにすれば、

「どうも殿は、名君松平定信公のご子息だけあって、地元よりも天下にばかり目を向けておいでだ。老中になどおなりになったら、財政負担が著しく重くなり、到底いま

の藩の状況では支えきれない」

と正直に現実を語り合った。このことを幸貫に告げたが、幸貫は首を横に振った。

「外様大名が幕閣に参画できることは、今まで例がない。その例をつくることは松代藩主真田家としては大変な名誉である。是が非でも実現したい。多少財政的に苦しかろうが、そこは何とかやりくりして貰いたい」

と突《つ》っ撥《ぱ》ねた。老中に任命された当時の真田幸貫は五十一歳だった。分別盛りの年齢だ。老境に入って来ている。したがってかれは、真田家の状況もよく知り尽くしていた。

「真田家に長く仕えている者たちは、私と行動を共にすまい。思い切った人材抜擢が必要だ」

と考えた。そしてかねてから眼を着けていた佐久間象山をこの際自分のブレーンとして登用しようと考えたのである。

しかしこの頃、家老の矢沢監物が江戸で急死した。松代藩士たちは、

「矢沢殿は、殿に諫死をなさったのだ」

と噂した。つまり、真田幸貫が老中として入閣するのを阻止するために、自ら腹を切って諫めたというのである。実態は脳出血が死亡原因だったという。しかし、当時

の日本の各大名家の実態を考えると、前に書いたように、

「藩の重役としては、藩主の幕府要職に就任することには絶対反対だ。財政的負担に耐えきれない」

ということが共通していたとすれば、矢沢監物の脳出血を起こした原因も、全く幸貫の老中就任に関わりがなかったとはいえないだろう。しかし急死した矢沢監物も、佐久間象山のよき理解者であった。その意味では、主人の幸貫は二つの意味で胸を痛めたに違いない。ひとつは象山のよき理解者なら、これから行なう自分の幕政参加にも理解を示し、よく協力してくれるだろうという期待があったこと、同時に、自分が幕府の政務に追われている時に、それでなくても周りから非難の礫《つぶて》を投げられることの多い象山は、いよいよ孤立する。そんな時に、理解者の矢沢監物がかばってくれただろうということだ。この二つがその死によって消えた。幸貫は悲しんだ。

そうなると、幸貫としては抜擢した佐久間象山に、その辺の腹の括《くく》り方を求める必要がある。ある日幸貫は象山を呼んだ。懇々と話した。

「わたしが藩の宿老たちの反対を押し切って老中という要職に就くのは私利私欲のためではない。水野御老中がわたしを老中に任命したのは、わたしが寛政の改革の推進者であった松平定信を父としていることにあるだろう。ということは、水野殿が目指

す今回の改革は、寛政の改革やそれ以前の享保の改革に目標が置かれている。先の二改革の目標は、いうまでもなく幕府の権威を回復することにある。そのためには、幕府諸役人の士道を作興しなければならない。わたしの父定信が行なった改革の時には、内政問題だけではなく、すでに国防問題が頭をもたげていた。そのために父はいろいろと苦労をした。これが最近は際立って大きな課題になってきた。従来の考え方に固執する幕府役人では対応できない。特に、幕府の学問は朱子学に限られている。このことの是非には触れない。しかし、朱子学に凝り固まった頭の持ち主では、海の彼方からやって来る列強諸外国に対応するのは無理だ。やはり、国体を重んじつつも、眼はしっかりと海外へ向けるだけの力のある者が必要だ。今の松代藩には、おまえ以外そういう人間はいない。おまえを抜擢するのは、そのためだ。しかしここで啓之助、申しておくことがある」

幸貫の眼光は鋭くなり、まるで睨むように象山を凝視した。象山は緊張した。しかしかれは人の話を聞く時は、必ず相手の眼を見続けることにしている。決して視線は逸らさない。この時もそうだった。そのひたむきさに胸を打たれたのか、幸貫は少し表情を緩めた。こういった。

「諸外国の例は知らぬ。しかしわが国では、人間行動においての評価は、必ずしも何をやったかという内容や実績ではない。だれがやったかという、やり手に絞られる。わかるか？」

「はい」

象山は素直に頷いた。幸貫が何をいいたいかすでに予知できたからである。幸貫は続けた。

「おまえはたしかに優秀だ。しかし、余りにも自信が強過ぎて、他人に対し傲岸不遜なところがある。これはわが藩のような限られた地域に育つ人間にとっては、我慢がならないことが多々ある。だから、おまえがどんなに善い事を行なっても、場合によっては無視されたり、逆な評価を受けることがある。単に真田家中だけのことであれば、宿老やわたしなどが庇うことができる。が、天下の政《まつりごと》に対してはそれが難しくなる。つまり、今後おまえが相手にするのは、おまえをよく知る人間だけではない。むしろ知らぬ人間が多いだろう。その時に、今までのような態度を続けるならば、おまえのいうことは悉《ことごと》く否定される。それはおまえだけが困るのではなく、わたしも困るのだ。その辺を考えてほしい」

「…………」

象山は幸貫の言葉を頭の中で反芻《はんすう》し、消化した。他の人間にこんなことをいわれたら、象山はたちまち席を蹴って立ってしまう。しかし象山は、よく他人から聞かれた。

「お主は、頭脳の鋭さを誇り、学殖の深さを自慢する。まるで、自分一人がこの国で一番優れた学者のようなことをいう。そうなると、一体お主の師というのは誰なのだ？」

この時、象山はこう答えた。

「わたしの師は、藩主真田信濃守幸貫朝臣様である」

胸を張ってそう答えた。したがって主人幸貫に対する忠誠心は疑いがない。微塵《みじん》も批判の気持など持っていない。だからこの時も、象山は素直に幸貫の言葉を聞いた。

しかし、懇々と象山にこういう訓戒を与えた幸貫は、だからといって他に対して象山の存在を、決して小さなものとして伝えたわけではない。幸貫のお側絵師に三村晴山という人物がいたが、この晴山にある時幸貫はこんなことをいっている。

「修理（佐久間象山）は随分疵《きず》の多い男だ。しかし天下の英雄である」

この辺が幸貫のいわば人事管理のうまいところだ。家老たちにこういう言葉を告げても、象山に好意を持っている家老たちはそのまま頷くだろうし、敵意を持っている連中は、ふんと鼻を鳴らして横を向くに違いない。つまり、家老というのは公職であって、やることがすべて藩政に関わりを持つ。象山も、藩士の一人なのだから当然その末端に位置している。そこへゆくとお側絵師というのは、いわば、

「藩主の趣味の範囲」

に属する人物だ。したがってその職掌が直接藩の政治に関わりを持つことはない。こういう側面的位置にいる人物を通して、

「佐久間修理は天下の英雄であると殿様がおっしゃった」

ということが口コミで伝われば、それはフォーマル（公的）な組織を通しての伝達よりも、はるかに効果がある。事実、そのとおりだった。

「殿が、佐久間修理を天下の英雄だとおっしゃっている」

という噂はたちまち松代城内に行き渡った。もちろん、三村晴山はこのことを直接象山に伝えた。象山は、感動した。こういった。

「殿が私のことを疵の多い男だとおっしゃるのはその通りだ。しかし、天下の英雄だとおっしゃるのは褒め過ぎだ。しかしあの賢明な殿様からそんな折り紙をつけていただいたことは、この上もない光栄だ」

と目を輝かせた。が、象山は多少照れ性なところがある。幸貫から褒められて、そ

のまま有り難く思うだけでは済まさなかった。こういうことを付け加えた。

「古い言葉に、千里を走る名馬は、一食に粟《ぞく》（もみ米）一石を食《は》むという。わたしは千里を走る足はないかも知れないが、五百里くらいは走れる自信を持っている。そうだとすれば、一食に粟五斗くらいは食い尽してしまう。にもかかわらず今私の給与は五両五人扶持という低い給与だ。せめて、旧禄の百石に戻してくださるとこの馬ももっと自信を持って走れるのだが」

こういう点、象山は現実的だ。もともと合理性のあるかれのことだから、踏まえるところはきちんと踏まえる。三村晴山は親友だからこういうことをいったのだ。しかし三村晴山は、絵師として殿様の脇にいつも侍《はべ》っているのだから、殿様が何かいったことを伝える役割を果たしたり、逆に周りで聞いたことを殿様の耳に入れることもある。象山はその辺をきちんと計算していた。

（殿が、わたしのことを天下の英雄だといったことを伝える晴山なら、逆にわたしの願いも殿様に伝えてくれるだろう）

とちゃっかり計算をしていた。この作戦は当たった。三村晴山から象山の、

「給与の回復」

の要望の話をきいて幸貫は苦笑した。しかし、やがて幸貫は象山の給与を前の百石

にきちんと戻した。幸貫も苦労人だから、

「部下を働かせるためには、単に叱咤《しった》激励だけではだめだ。精神主義だけでは部下は動かない。やはりそれなりの給与を与えなければならない。上からの命令と給与とは車の両輪である」

と思っていた。それにお側絵師を通して自分に伝えた象山の、

「給与増額願い」

の動機は、象山の私利私欲に基づくものではなく、幸貫の見るところ、

「修理は子供のような純粋な気持でそれを願っている」

と思えた。つまりそれは、

「象山の清い心に発するものだ」

と受け止めた。こういう主人がいたことは象山にとってどれだけ幸福だったかわからない。普通の人間がこんなことをいい出せば、

「甘えるんじゃない」

と叱りつけられたことだろう。

象山の海防策

天保十二（一八四二）年の六月に老中に任命された真田幸貫は、翌十三年の夏に、老中首座水野越前守忠邦から「海防掛」を担当させられた。一人ではない。同役がいた。下総《しもうさ》（茨城県）古河《こが》城主土井《どい》大炊頭利位《おおいのかみとしつら》が相役になった。土井利位は、雪の研究家として有名でその研究成果を『雪華図説《せっか》』と題して出版している。家老に鷹見泉石《たかみせんせき》がいた。鷹見は本名を忠常といって、古河藩の家老として活躍した。主人の土井が大坂城代の時に、たまたま大塩平八郎の乱が起こった。鷹見は躊躇《ちゅうちょ》なく、乱鎮圧に乗り出し、潜伏していた大塩を逮捕した。骨太な武士だ。しかし外国事情にも明るく、『新訳和蘭国全図《オランダごくぜんず》』なども出版している。

したがって、老中首座である水野忠邦の脇を固める人事配置はなかなか巧妙だった。そうなると真田幸貫も負けてはいられない。かれは、たしかに寛政の改革の推進者であった名宰相松平定信の息子ではあるが、今は外様大名だ。そのハンデを克服するためにも、

「土井殿に負けぬほどの力を発揮しなければならない」

という責務を感じた。もちろんその責務感の中には競争心も混じっている。そこで幸貫が、

「どうしても顧問役が必要だ」

と考え、その任に命じたのが佐久間象山であった。

この頃の徳川幕府は、ある外国問題で大変な騒ぎに陥っていた。それは隣国清で起こった、

「阿片戦争事件」

である。阿片戦争は天保十一年から十三年に掛けて起こった。仕掛けたのはイギリスだ。

イギリスは産業革命を成功させた。しかし、生産過剰となりどうしても他国に販路を求めざるを得なかった。欧米諸列強にとって中国が最大のマーケットだったが、しかしイギリス側としては中国からの買付け品も多かった。特に茶と生糸については、他国に抜きん出て輸入量が多い。イギリスはアジア諸国への対策機関として東印度会社を設けていたが、この会社が、

「輸入超過」

に音をあげた。そこで考えたのが、中国に阿片を売付けることだった。これがばか売れに売れた。探知した中国政府は厳しく取り締まった。ところが、取り締まりの網を潜って密輸が盛んになった。特に広東《カントン》がその根拠地になった。害が次第に広まった。まず中毒患者が増えた。それに、通貨体系が乱れた。密輸によって飛び交う通貨が、膨大な額に上ったからである。清国政府は黙視できなくなった。そこで政府は林《りん》則徐《そくじょ》を担当大臣として広東へ派遣した。林は果断な人物で、いきなり広東の阿片取引き基地を襲い、倉庫に山積みになっていた阿片を全部焼き払った。これに対し怒ったのがイギリスだ。

「清国はイギリス国に対し戦争を挑んだ」

として、武力行使に踏み切った。戦争が起こった。しかし清国は敗北した。そして〝南京条約《ナンキン》〟を結び、屈辱的な、

「清国の半植民地化」

を承認した。図に乗ったイギリスは翌年さらに追加条項を突き付けた。これによって、賠償金の支払い・香港《ホンコン》の割譲《かつじょう》、上海《シャンハイ》、廈門《アモイ》、福州《ふくしゅう》、寧波《ニンポー》の開港、さらに最恵国待遇、領事裁判権など好き勝手なことをいってすべてこれを勝ち取った。中国はズタズタになった。この報はすぐ日本にももたらされた。徳川幕府は緊張した。絶対的な

拠点を築いたイギリスの目が次に向けられるのは当然日本だったからである。したがって老中首座水野忠邦が真田幸貫と土井利位を新設した海防掛に任命したのは、明らかに、

「イギリスや諸列強が狙うわが国の国防対策をいかにすべきか」

ということが主務であった。幸貫は顧問にした佐久間象山を直ちに西洋砲術家江川太郎左衛門に入門させた。しかし、象山は不満だった。理由は二つある。一つは、太郎左衛門の拠点である韮山でのその指導方法は、

「まず体を鍛えなければならぬ」

といって、付近の山々をしきりに歩かせたからである。

「早く砲術を教えてください」

気の短い象山はそう頼む。しかし江川はジロリと象山を睨み付け、

「急《せ》いては事はならぬ」

と拒んだ。象山は腹を立てた。それに気のせいか、江川の象山に対する態度はどうも好意的ではない。おそらく江川の方は気の強い自信家の象山を見て、

（この男は、人格的にもっと鍛える必要がある。それが先決だ）

と思ったのだろう。だから肝心な砲術の教授にはほとんど触れることなく、毎日の

ように山野を歩かせ、さらに塾における雑用をさせた。象山は音《ね》をあげた。幸貫のところに来ていった。

「江川先生は駄目です」

「なにが駄目だ」

「やたらに山野を歩かせるだけで、肝心な西洋砲術の指導をしてくれません。こんなことでは、日本の国防対策を立てるうえで間に合いません」

「相変わらず気が短いな」

幸貫は苦笑した。しかし象山のいうことにも一理ある。水野から命ぜられた日本の海防策立案は焦眉《しょうび》の問題だ。それに江戸城の近くでならともかく、遠い伊豆の地で訓練を受けるのはいろいろと面倒だ。そこで、江川との関係を曖昧《あいまい》にしたまま、幸貫は象山に、

「国防について考えるところを書いて差し出せ」

と命じた。水野・真田・土井の三老中は、すでに協議して、文政八（一八二五）年に発布した、

「異国船打払令《いこくせんうちはらいれい》」

について検討していた。この頃は日本近海にしきりに外国船が出没した。幕府は

〝化政時代〟の爛熟時代を迎えていたが、

「日本に近付く黒船はすべて打払え」

と諸大名に命じた。真田幸貫は、この「異国船打払令」は少し行き過ぎだと考えた。かれは、

「たとえ外国船でも、航海中に生じた病人の看護、あるいは不足する食糧や燃料の補給ぐらいは認めてもよいのではないか」

というゆとりある考えを持っていた。このことを話した。水野も土井ももっともだと頷いた。そこでこの年（天保十三年・一八四二）七月に、

「外国船と見掛候はゞ篤《とく》と相糺《ただ》し、薪水《しんすい》等不足にて帰国致し難き向《むき》へは薪水・糧食を給すべし」

と改めた。いうところの「薪水給与令」である。さらに同年九月十八日に諸大名に対し、

「それぞれの海岸防禦《ぼうぎょ》のため、大砲を鋳造《ちゅうぞう》せよ」

と命じた。また羽根田《はねだ》奉行を新設し、羽根田の地（東京都大田区）沖に浮砲台を造った。越後（新潟県）長岡藩牧野家管理下にあった新潟港の天領化や、蝦夷（北海道）に、新しく十三ヵ所の砲台を築いて北辺の防備に備えた。これらはすべて、真田

幸貫の献策によるものだ。もちろん、その陰にあって佐久間象山が折々献ずる意見を採用したものである。

老中首座の水野は喜んだ。真田を老中に抜擢したことに対し特に譜代大名群からいろいろと批判の声が上がっていたからである。水野にすれば、

「平和な時ならともかく、今は日本国にとって異常事態だ。異常時には、異常な人事を行なう必要がある。それは、緊急課題に対し適確に対応出来る能力の持ち主を登用するということだ。真田殿はまさにその力を持っている。おれの眼力に狂いはなかった」

と自賛した。自分の人事に自信を持った。したがって幸貫の方も、

「水野殿の期待に応え、同時に父の名を辱《はずかし》めてはならぬ」

といよいよこの仕事に全身全霊を打ち込んだ。その幸貫の顧問に任命された象山は、ほとんど寧日《ねいじつ》無く駆けずり回った。オランダ学者として有名な箕作阮甫《みつくりげんぽ》や鈴木春《すずきしゅん》山《ざん》らのところに走り込んでは、海外事情を詳しく聞いた。自分なりに消化し、ついに天保十三年十一月に、

「感応公（幸貫のこと）に上《たてまつ》る」

といって、海防意見書を提出した。世に「海防八策」と呼ばれるものである。

一　諸国海岸要害の所、厳重に砲台を築き、平常大砲を備え置き、緩急《かんきゅう》の事に応じ候様仕度候事《つかまつりたくそうろうこと》

二　阿蘭陀《オランダ》交易に銅を差遣わされ候事暫《しばら》く御停止に相成、右の銅を以て、西洋製に倣《なら》い数百千門の大砲を鋳立、諸方に御分配之あり度候事

三　西洋製に倣い、堅固の大船を作り、江戸御廻米に難破船これなき様仕度候事

四　海運御取締の義、御人選を以て仰せ付られ、異国人と通商は勿論、海上万端の奸猾《かんかつ》、厳敷《きびしく》御糺《ただ》し御座あり度候事

五　洋製に倣い、船艦を造り、専ら水軍の駈引を習わせ申度候事

六　辺鄙《へんぴ》の浦々里々に至り候迄《まで》、学校を興し、教化を盛に仕、愚夫・愚婦迄も忠孝・節義を弁《わきま》え候様仕度候事

七　御賞罰弥《いよいよ》明かに、御恩威益《ますます》顕《あら》われ、民心弥々《いよいよ》固結仕候様仕度候事

八　貢士《こうし》の法を起し申度候事

今風にわかり易く意訳すれば次の様な事になる。

一　諸国の要害に砲台を築いて、敵の襲来にも慌てずに対応出来るようにすること

二　オランダとの貿易において、輸入を規制し銅の流出を防ぐこと。この銅をもって、洋風の大砲を造り、諸方に分配すること

三　洋風の大船を作り、江戸への廻米に差し障りが出ないようにすること

四　海運関係の仕事には適材適所で能力のある人物を選び、異国人との貿易は勿論の事、海上における万端の悪事を厳しく取締まること

五　洋風の船艦を造り、専ら海軍の技術を習わせるようにすること

六　国内の隅々まで、学校を興し、教育を盛んにして、字の読めない男女をなくし、同時に君に忠、親に孝、関係者への節義を弁《わきま》える様な日本人を養成すること

七　賞罰の義は、公平な基準を設け、上の御恩威が下にきちんと伝わり、国民がこの非常事態に結束して事に当たれるようにしたいこと

八　地方で才学ある人物は、必ず貢士として中央に抜擢して活用すること（貢士というのは中国にあった制度で、地方にいたいわゆる〝野にいる遺賢《いけん》〟を中央政府が抜擢登用したことをいう）

象山の意見書は、単に国防技術に触れただけではない。日本国内における、国民の意識改革や、同時に、

「中央政府である徳川幕府における役人の抜擢登用法」

にも触れている。たとえばそのころの佐久間象山の立場は、老中真田幸貫の顧問とはいいながら、身分は依然として、

「松代藩士」

である。主人の幸貫は、老中というのは徳川幕府のトップ職だから、松代藩主という今でいえば地方自治体の首長でありながら、同時に中央政府の閣僚でもあるという二重職責を負っていた。佐久間象山がこの時意見書に書いた「貢士」の制度は、その後明治新政府が樹立した時に適用される。諸大名の家臣であって有能な人物を、貢士として新政府が登用する制度だ。この場合も、貢士に任命された者はそれぞれ大名家の家臣という身分を持ちながら、同時に、

「天皇の家臣すなわち朝臣」

でもあった。この制度は、おそらく佐久間象山の意見に因《よ》ったものだと思う。これは主人の幸貫が象山を称して、

「佐久間修理は天下の英雄だ」

といったときに、

「そういうのなら、英雄に相応《ふさわ》しい給与を貰いたい」

といったことと同じだ。老中真田幸貫の顧問としての象山の扱いは、あくまでも松代藩士だ。象山は、おそらく、

「今、自分の出す意見は、真田家のためではない。日本国家のためである。そうであれば、日本国家を代表する政府すなわち徳川幕府も、それなりの遇し方があるはずだ」

と考えたのではなかろうか。今になぞらえれば、

「今の自分は地方公務員だが、やっていることは国家政策だ。それなら、国家公務員としての処遇もきちんとすべきではないか」

ということだろう。卓見だ。この辺の曖昧さを象山はすでに百六十年前に指摘していたのだ。すなわち、二百七十年続いてきた徳川幕府の古くさい人事制度を、真っ向から批判している。はっきりいえば、

「どんなに立派な国防政策を考えたとしても、それを実行する徳川幕府や大名家の組織や人事が、今のような古くさいものだったら到底実行出来ない」

ということである。

ここでちょっと横道に入る。日本の開国騒ぎは、実際にはアメリカの東印度艦隊司

令長官ペリーが、フィルモア大統領の国書を持って浦賀にやって来た時にはじまる。有名な、

「泰平のねむりをさますじょうきせん　たった四はいで夜も寝られず」

の落首通りの騒ぎが起こった。この時の老中筆頭阿部正弘は、勇敢にもペリーの持って来た大統領国書を日本語に訳し、全国にばら撒いた。そして意見を求めた。これに応じて、自分なりの国防意見を書いて上申した人物の中に、勝麟太郎《かつりんたろう》という男がいる。当時の勝は小普請《こぶしん》（無役）の貧乏旗本だった。長文なのでかい摘まんでそのエキスだけを取り上げれば、

・アメリカの軍艦が易々と江戸湾に侵入できたのは、何と云っても日本側の警備が手薄だったためである。したがって、湾内に砲台を造り、十字撃ちなどができるような態勢を工夫すべきだ

・同時に、ただ防衛力を強めるだけではなく、大艦・大船を造って、積極的に海外へ乗り出すべきだ

・乗り出すのは戦争をしに行くのではない。貿易である。この貿易で得た基金によって、国防の費用を産み出すべきだ

・何よりも、国都である江戸の防備を固めるべきである
・それには、幕府の軍隊を西洋風に編成し直すことが大事だ。江戸の近くに、軍事学校をいくつか設けるべきだ
・そのためには、幕府旗本の士気（モラール）を高めることが大切であり、現在生活に困窮している旗本を救うべきである
・火薬に必要な硝石の生産を高め、武器製造の態勢を高めることも急務である
・いずれにしても、これらのことを遺憾なく行なうためには、人材登用と言路の洞開を欠くことが出来ない

ざっとこんなことを書いている。読んだ方はすぐお気付きになるだろう。

「佐久間象山の意見書とほとんど同じではないか」

ということだ。そのとおりなのである。勝麟太郎がこの意見書を書いたのは、嘉永六（一八五三）年七月十二日のことである。ペリーがやって来たのは六月のことだから、それから一ヵ月後に勝はこれだけの意見をまとめている。しかし、泥縄式に一夜漬けで書いた意見書ではない。かれにはすでにそういう準備があった。というのは、勝には順子という妹がいた。この順子が、前年の嘉永五年の暮れに、佐久間象山の妻

になっている。順子は十七歳、象山は四十二歳であった。まるで親子のように年が違うが、縁あって象山は順子を迎えた。この時、象山は書斎に、

「海舟書屋《かいしゅうしょおく》」

という扁額《へんがく》を飾っていた。書体は顔真卿《がんしんけい》のものだ。非常に美しい字だ。それまでの象山は、どちらかといえば流れるような草書的文字を書いていた。ここに来て、めりはりのきちんとした、格調のある書体に変えた（海舟書屋の扁額はその代表的なものだ）。海舟の意見書の下地は、おそらくすでに義弟になった象山からいろいろと学んでいたものに違いなかろう。もっと突っ込んでいえば妹の順子が象山の妻になる以前から、勝は象山に私淑していたに違いない。はっきりいえば、勝海舟の意見書はかなり佐久間象山から影響を受けていたということだ。特に、

「徳川幕府における、野に埋もれている人材の発見と登用」

に関しては見事に一致している。それほど佐久間象山も勝海舟も低身分のために扱いが不当だったことに腹を立てていた。

「仕事に見合う処遇がされていない」

ということだ。さらに面白いのは、佐久間象山が藩主真田幸貫に海防八策を出した時の年齢が三十二歳、そして勝海舟が幕府に対し自分の国防意見書を出したのが三十

一歳だった。ほぼ同じ年齢期にそれぞれが思うところを意見にまとめている。共に、私利私欲を図るためではなく、

「日本国の滅亡を防ぐ」

ということを目的にしていた。佐久間象山は、

「二十歳にして藩人であることを知り、三十歳にして日本国人であることを知った。そして四十歳にして世界人であることを知った」

と後に述懐しているが、この意見書を書いた時は、まさしく日本人としての自覚であったが、それだけではない。すでに現在でいえばグローバリズムに徹し、国際人としての認識も持っていたのである。こういう点が、

「先覚者の特性」

といっていい。その意味では勝海舟もすぐれた先覚者だった。しかしこの義兄弟は必ずしも仲がよくなかった。後に勝海舟は『氷川清話《ひかわせいわ》』の中で、この義弟（本当は象山の方がよほど年齢が上だが）に対し、次のようなことをいっている。

・佐久間象山は、もの知りだったよ。学問も博《ひろ》し、見識も多少もっていたよ。しかしどうもほら吹きでこまるよ。あんな男を実際の局に当たらせたらどうだろう

か……。なんとも保証はできないのう。

・横井（小楠）と佐久間との人物はどうだというのかね……。どうのこうのといったところが、それはたいへんな違いさ。ぜんたい横井という男は、ちょっと見たところでは、なんの変わった節もなく、その服装なども、黒ちりめんのあわせ羽織に、平ばかまをはいて、大名のお留守居役とでもいうようなふうで、人柄もしごく老成円熟していて、人と議論などするようなやぼはけっしてやらなかったが、佐久間の方はまるで反対で、顔つきからしてすでに一種奇妙なのに、平生どんすの羽織に古代模様のはかまをはいて、いかにもおれは天下の師だというように厳然とかまえこんで、元来勝ち気の強い男だから漢学者がくると洋学をもっておどしつけ、洋学者がくると漢学をもっておどしつけ、ちょっと書生が尋ねてきても、じきにしかりとばすというふうで、どうも始末にいけなかったよ。

あまり好意的ではない。からかい半分だが、いっている言葉の中に毒針が含まれている。海舟はおそらく象山が好きではなかったのではなかろうか。というよりも、勝自身にも、

「おれがおれが」

というところがあった。大体生き残った人間が、自分の回顧録を書いて、
「あれもおれがやった。これもおれがやった」
とほらを吹くのは、あまりいただけない。勝にもかなりそういう所がある。という
ことは、勝も自己顕示欲が強い人物だったといえる。そうなると、佐久間象山のプラ
スと、勝海舟のプラスが宙で激突して火花を散らす。その結果が、このような、
「勝海舟の佐久間象山観」
を生んだのに違いない。二人ともいうならば、
「幕末の偉材」
だ。しかしその処遇は必ずしも、その才能や能力に見合ったものではなかった。身
分制は依然として存在した。幕末に生きて、同じような経験をしたのが豊前（大分
県）中津藩に仕えていた福沢諭吉だ。諭吉は、低身分のためにしばしば身分差別を味
わった。だからかれは『学問のすすめ』の冒頭で、
「天は人の上に人を造らず、人の下に人を造らずと云えり」
と人間平等論を唱えた。文中で、
「身分制は親の敵だ」
とまでいい切っている。能力を満ち溢れるほど持っていた英才たちが、この身分制

のためにいかに苦しめられたかを如実に物語るものだ。したがってこの問題は日本における全国的課題だったのである。ところが佐久間象山の言行を見ていると、かれはどうもそれほどこのことを気にしている節はない。というよりも、そんな問題を乗り越えていた。

「どんな低身分でも、やらなければならないことはやり通す。またやらなければならない」

と、自分に与えられた課題に対する責務感の方が強い。この、

「やらねばならぬ」

という義務感が、自分の立場や状況を越えさせる。ところが世間の方はそうはいかない。世間の普通の人間たちは、そういういろいろなルールやマニュアルの中で生きている。したがってこれを破る人間が出れば、

「非常識だ」

とか、

「秩序を乱す者」

として批判の目を向ける。象山の行動は、

「自分の立場をはるかに越えた事業を行なっている」

ということで、そういう古い連中の目を光らさせたのだ。

象山が主人の真田幸貫に提出した「海防八策」は、そのまま老中会議に提出された。が、かなり開明的な考え方を持つ老中首座水野忠邦も、うーんと唸《うな》ったきりいい反応を見せなかった。水野の天保の改革はもちろん、

「徳川幕府の勢威回復」

ということもあったが、もうひとつ、

「疲れ果てた幕府財政の再建」

という目的もあった。前代の文化・文政時代の爛熟政治で、幕府の支出は、かなり文化面や遊興面に費やされ、相当の赤字を生じていた。江戸時代の三大改革というのは、乱暴な分け方をすれば、すべて、

「前時代の高度経済成長のつけを払うための尻拭い」

の性格が強い。したがって、享保・寛政・天保の〝江戸の三大改革〟の時期は、すべて、幕府財政は完全に疲弊していた。したがって水野の改革も、単に国防問題だけに終始していれば済んだわけではない。最大の目標はやはり、

「幕府財政の赤字克服」

である。このために水野は、「上下おののくばかり」といわれるほどの禁令を連発

し、国民の贅沢な暮らしを戒めた。同時に、幕府・大名家に仕える武士が、

「初心に戻る努力」

を求めた。武士が初心に戻るということは、

「文武両道に精励し、質実剛健な生き方を行なう」

ということである。同時に幕府内においても、

「経費を極力節約し、赤字の補塡《ほてん》に当てる」

ということが望まれた。そうなると、佐久間象山の「海防八策」案は、確かに今の日本にとって必要欠くべからざる政策ではあるが、一面非常に金がかかる。この頃の幕府では、一隻の軍艦を造る費用もない。当時の幕閣からすれば、象山の意見は、

「金食い虫の塊」

であって、到底応じられない。結局、真田幸貫の主張にも拘らず、象山の意見書はそのままオクラになってしまった。幸貫は失望した。象山に、

「済まぬ。せっかくよい意見を出して貰ったが、幕閣は採用してくれぬ。わしの力が足りぬからだ」

と率直に謝った。象山は、

「とんでもございません。今の幕府では、わたくしのような飛び出た意見を採用する

には、まだその備えができておりませぬ」

と、藩主を逆に慰めた。しかし胸の中は不満で一杯だった。それはかれが、

「このままだと日本は滅びてしまう」

と、外国列強の侵略意図の凄まじさを身にしみて感じていたからである。象山は、

「清国の悲劇は、やがて日本の悲劇になる」

と思っていた。その光景は、想像するだけでもいたたまれない。身悶《みもだ》えする。悔しくて、地団駄《じだんだ》を踏むほどだ。にも拘らず、幕府要路は依然として古いしきたりを重んじ、何か意見してもすぐ、

「そんなことは先例がない」

という。挙げ句の果ては、

「身分の低いおまえが何をいうか」

と身分論で一蹴してしまう。象山は絶望した。しかし主人幸貫の熱意もあって、再び江川太郎左衛門のところに行って西洋砲術を学んだ。が、江川太郎左衛門は前に書いたような性格なので、必ずしも象山を厚遇はしない。教師がある生徒だけを冷遇するのに似ている。象山はその対象になった。江川太郎左衛門という師から見て、佐久間象山という門人は可愛くない。勢い、

（性懲りもないやつだ。徹底的に苛めてやろう）

という気を持ったのかもしれない。江川太郎左衛門は優れた先覚者だったが、そういう人間的な部分においては、やはり一個の人間だ。感情の生き物だった。同時に、

「相手をそうさせる雰囲気」

を、象山が態度から示していたことも事実だろう。

しかし、残念なことがひとつある。それは、象山が出した、

「海防八策」

を、水野忠邦が採用し、どんな無理をしてでも、この方策に従って、国防対策を作っていたら、あるいは、

「ペリーの来航時の混乱」

はなかったかも知れない。もちろん、ペリーはアメリカの東印度艦隊司令長官で、海軍中将であり、根っからの軍人だ。フィルモア大統領に命ぜられて日本にやって来たのは、日本の開国を迫るためであったが、この時の手段が相当強引なものであったことはよく知られている。本来なら、日本の外交はすべて長崎港で長崎奉行が行なう。にも拘らず、ペリーは浦賀奉行のその言葉を聞かずに、強引に江戸湾に侵入して来た。そして江戸湾の測量をしたり、あるいは軍艦の砲門を江戸城に向けたりして威《い》

嚇《かく》した。

もし、象山の海防八策にしたがって、江戸湾内に沢山の砲台が造られていたらどうか。江戸湾は丁度壺の下の部分に当たり、入口が非常に狭い。だから、一旦《いったん》入ってしまえばなかなか出られない。そうであれば入口に当たる浦賀や反対側の房総半島に砲台が造られ、侵入する外国船を威嚇すれば、まず江戸湾には入れない。あるいは入ったら出られない。そうなれば、江戸湾に侵入するペリーも、

・もともと江戸湾には入港できなかった

・あるいは入港できたとしても軽率な恫喝行為はできなかった

ということになったのではなかろうか。主人真田幸貫も、この点はおそらく知り尽くしていたに違いない。そのために、

「佐久間修理の案を幕府が採用しないのは誠に残念だ」

と臍《ほぞ》を噛んだのである。

象山は、その名のごとく、

「明けの明星」

だった。が、この明けの明星は、夕暮れになっても輝き続ける。そして「宵の明星」になる。が、この明星は必ずしも〝静的な星〟ではない。〝行動する星〟であった。象山の生涯はまさに、

「天馬空を行く」

という勢いがある。

失脚してオランダ学に肉迫する

象山の海防八策を老中首座水野忠邦が実現できなかったのには、いくつかの理由がある。

・その一つは、天保十四（一八四三）年十月に、象山は突然藩政府から、「郡中横目付」を命ぜられたことである。一種の代官職だ

・そして、その直前の九月十四日に、突然水野忠邦が老中を免ぜられてしまったことである

・このため、必然的に主人真田幸貫の「海防掛」も免ぜられた。主従共に、幕府における「海防担当職」から退く結果になってしまった

水野忠邦の天保の改革は、

「上下おののくばかり」

の凄まじさをもって、烈風のごとく日本中を吹きまわった。市民生活は一切の剰余物をはぎ取られ、いってみれば肉と皮をはぎ取られて、骨だけで暮らすような状況に追い込まれた。日本中暗くなった。特に、政都である江戸市中の灯火は絶えた。この取締まりに活躍したのが、前に書いた江戸町奉行鳥居耀蔵である。怨嗟《えんさ》の声がしきりに起こった。しかし、江戸の三大改革の根幹はやはり、

「重農主義」

である。年貢という主税が米穀である以上、やはりいつの時代でも、

「米の増産」

が奨励される。新田が開発され、増反が行なわれる。当然、田を耕し米を作るには農民という労働力が必要だ。水野は、

「江戸に行けば何とかなるさ」

という安易な考えで、江戸市中に流れ込む若い遊民の存在に我慢ができなかった。

かれは、

「人返《ひとがえ》し令《れい》」

を出した。これは、

「江戸で定職もなくぶらぶらしている若者は、すべて故郷に戻れ。そして鍬《くわ》を握って土を耕せ」

という法令である。

「幕威の回復」

は、まず、

「全大名が幕府の指令に従うかどうか」

ということも重要要素だ。水野は突然、

「江戸十里四方を幕府の天領（直轄地）とする」

といい出した。有名な、

「上地令《あげちれい》」

である。上地令というのは、

「自分の知行地を上《たてまつ》る」

という、領土奉還のことだ。これは大問題になった。特に、真田幸貫と同役であった古河領主土井利位の領地もこの中に含まれる。土井は怒った。そして、土井の怒りをきっかけに、それまで水野の改革にかなり批判的だった大名旗本が一斉に土井のもとに集結した。ここで、

「反水野行動」

が起こった。皮肉なことに、水野の膝元で活躍していた江戸町奉行の遠山景元や、呆れたことに鳥居耀蔵まで土井のもとに駆け付けた。鳥居は特に、

「水野老中の弱点を暴露する秘密文書」

まで持ち込んだ。水野には〝三羽ガラス〟といわれたブレーンがいた。鳥居耀蔵の他に、書物奉行の渋川六蔵と金座取締役の後藤三右衛門である。鳥居は真っ先に水野を裏切ったが、引き続き渋川も後藤も反水野派に加わった。結局、御三家の紀州（和歌山）藩主徳川家も上地令に反対し、将軍家慶も無視黙殺できなくなった。ついに、将軍の命令によって、上地令は撤回された。同時に水野は老中を罷免された。天保十四（一八四三）年閏九月十四日、一介の大名になった水野は、江戸城内の役宅から、私邸（下屋敷）のある渋谷（東京都渋谷区）へ引きあげようとした。しかしこの報がなぜか事前に市中に漏れていた。水野が門を出る時には、すでに一万人近い江戸市民

が待ち受けていた。別に、

「水野様、長らく改革ご苦労様でした」

といって花束を贈呈しに来たわけではない。市民の一人ひとり石の礫を握ってい
た。そして水野の駕籠《かご》が門内から出て来ると一斉に投石がはじまった。

「このばか野郎」

「いままで何をやっていたんだ！」

という罵声《ばせい》と共に、石の礫が次々と駕籠に当たった。日本の政治史上、総理大臣経験者でたとえ失脚したとはいえ、退任の日に石の礫を投げられたのは水野老中ひとりだ。水野の屋敷前には、辻番所が設けられていたがこれも叩き壊された。結局水野は隠居の上蟄居《ちっきょ》を命ぜられた。江戸三田にあった別邸に謹慎した。領地は二万石減らされた。跡つぎの金五郎は移封され山形五万石になった。水野は、怏々《おうおう》とした日を送り、やがて嘉永四（一八五一）年に、五十八歳で死んだ。水野の後任は、備後（広島県）福山藩主阿部正弘である。この阿部は二十四歳で入閣（老中）し、二十六歳で老中首座に栄進した。そしてこの阿部が、嘉永六年のペリーの来航時に、画期的な対応策をとる。

こういう大政変を、それでは幕末の明星だった佐久間象山はどう眺めていただろう

か。象山の生き方を見ていると、

「さざ波には乗らずに、大きなうねりに乗る」

という気がする。つまり時代のちまちました諸現象には関心を持つことなく、何年先かに訪れるであろうこの国の状況を鋭い先見力によって予知し、

「その時にはどう対応すべきか」

ということを考え続けていた。このときもそうだ。主人の真田幸貫は水野の失脚によって海防掛を辞任し、翌年の五月には老中職も辞任してしまう。おそらく、幕閣のメンバー一新によって居心地の悪さを感じたのではなかろうか。それに、何といっても水野忠邦の抜擢によって老中になったのだから、水野がいなくなってしまえばまたもや、

「真田は外様大名ではないか。それがなぜ老中職の座を占めているのだ」

という、譜代大名たちの今まで燻《くすぶ》っていた不満や批判が一斉に火を吹いたに違いない。江戸城内の老中御用部屋（執務室）は、針の筵に等しかった。幸貫は辞任した。

象山を呼んだ。

「悪かったな。せっかくおまえの才幹を生かし、わたしも国家を憂うるひとりの大名として力を尽くそうとしたが、状況が許さなかった。許せ」

と告げた。象山は目を潤ませ、感動に身を震わせながら、

「とんでもございません。何のお役にも立てずに誠に申し訳ございません」

と逆に謝った。象山は、幸貫が海防掛顧問に自分を採用してくれる時に懇々と説いた、

「日本では、何をやったかではない、だれがやったかだ」

という教訓をいまだに覚えていた。この結果が出て、はじめてかれも、

「殿の言葉は正しかった」

と認識した。象山自身が孤高狷介の人間であり、幸貫のいう、

「疵の多い人間」

だったために、松代藩内の支持を完全に取り付けることはできなかった。何をやっても、

「佐久間は変わり者だ」

とか、

「あんな独りよがりの考え方が通用するものか」

と批判された。しかし象山はこう思う。

(そのことは、殿も同じだったのではないか)

いかに寛政の改革の推進者で名君といわれた松平定信の息子であっても、所詮《しょせん》真田家は外様大名である。経緯を知らない連中が見れば、幸貫の望みは野望に見える。一旦家に貼られたレッテルはなかなか剝《は》がれない。真田幸貫も、養子になって真田家が外様大名であることでかなり苦しんだ。象山が思ったのは、

(殿に対しても、江戸城内の譜代大名たちは必ずしも好意的ではなかった。やはり、外様大名が老中になったということで反発する者も多かった)

ということだ。これがすなわち、

「日本の社会では、依然として何をやったかではない、だれがやったかだ」

ということになる。つまり、

「日本人の先入観・固定観念」

は依然として社会を支配しているのであって、すぐ払拭《ふっしょく》することはできない。消せない。佐久間象山は自分が承知の上で、そういうような批判や礫を平然と受け止めて来たが、殿にまでそういう石が飛んだということは耐え切れなかった。が、真田幸貫は苦労人だ。辞任したのち、さばさばした表情で、

「これからは、松代藩政に専念しよう。おまえも力を貸せ」

といった。象山は、

「かしこまりました」

とは答えたが、必ずしも藩主の命にそのまま従う気はなかった。

というのは、江戸城内で水野失脚、後任に阿部、というような政変が起こっていても、象山自身はそういう状況からはるかに抜け出ていたからである。天馬として、天に駆け上ってしまった。そういう俗事には関わらずに、

「もっと他の面に自分の能力を伸ばそう」

とすでに思い立っていたからである。象山はこの時点で、

「本格的にオランダ学を勉強しよう」

と志を立てた。それは江川塾で学んだことでもあった。同時に、日本の多くのオランダ学者たちが、

「原典に依拠せずに、翻訳に頼ってオランダ学を習得している」

という実態に対する疑問だった。学者としての象山は、あくまでも、

「書き手の真意を理解するにはやはり、原典・原書を読まなければだめだ」

といつか思いはじめていた。そしてこの、

「翻訳書によるオランダ学の習得」

をしている学者の群れに、象山は江川太郎左衛門も入れていた。

江川太郎左衛門を最初に松代藩士に紹介したのは藩主の真田幸貫である。水野忠邦によって幕府の老中に抜擢され、海防掛の任に着いた直後、幸貫は江川太郎左衛門を藩邸に招いて、その高島流西洋砲術の訓練を実演させた。幸貫たちが感動したのは、この時の高島の門人たちの進退や駈引である。今でいえばチームワークなのだが、この当時は珍しかった。象山も感動した。そこですぐ、江川の塾に行って、

「入門したい」

と頼んだ。この時持参した入門の謝礼は、数日後門人の柏木総蔵という人物が返しに来た。そして、

「先生は入門をお許しにならない」

といった。これが、その後の象山の江川太郎左衛門に対する悪印象のきっかけになったようだ。象山だけでなく、象山が訪ねてから数日後に、同じ松代藩士の山岸助蔵や片岡十郎兵衛がやはり幸貫の命令によって江川に入門を頼んだが、これも拒否された。おそらくこの当時の江川にすれば、

「まだ自分は、正式に高島流の砲術教授の印可を受けていない」

という良心的な動機だった。しかし、そんな事情は象山のような性格の人間には通用しない。

「おれをばかにして、江川さんは入門を断った」

というふうに受け止めた。だからその後、伊豆の韮山に行って実際に江川の指導を受けた時も、

「江川先生は、門人をやたら山野を駆け回らせるだけで、肝心な西洋砲術は全然教えてくれない。特に学理については、秘密だといって容易に教授してくれない」

と不満を漏らしている。これは当時の江川も、まだそれほど深い学理を修めていたわけではないので、門人に教えるほどの素養がなかったということだろう。しかし幕末に生きた英傑たちの共通点は、

「時間との戦いに明け暮れる」

ということだ。タイムイズマネーではなくタイムイズタイムなのだ。象山のような性急な人間に、こういう悠長な江川の態度は容認できない。象山は江川塾を退き、すぐ幕臣の砲術家下曾根金三郎の門に入った。金三郎は豪放磊落《ごうほうらいらく》な性格で、自分の持っている西洋砲術の関係書を全部公開した。象山は喜んだ。すぐその感想を松代の母親に書き送っている。

「江川にてはけしからず伝書など惜み候て、中々三年・五年にては皆伝《かいでん》など致し候はぬ様子にて、中々私など外に大なるれうけんも御座候を、なみ〱の人の如く鉄砲を

打ち候て一生を送り候半《わん》とは存じ申さず、依ってその事を下曾根殿え参りかまけ候所、夫程《それほど》にこんまうに候はゞ、伝書をかし候半とて借され候えき。只今にてこそ高島の伝書など見下げ居候得共、其頃は原書は読め申さず、先其伝書を二ツなきものと珍重致し候事に候。又向にても私事を存じ候所を以ていつも先生と申され候。又門人などは佐久間も此方の先生弟子に候など申自慢いたし候程の事に御座候。この伝書を快く借され候一事にても其人のよろしき所はよくわかり候事に御座候」

率直な江川・下曾根比較論だ。象山自身も後に弟子を抱えるようになってからは、

「知っている事はすべて門人に教え、決して出し惜しみをしてはならない」

と自戒している。しかし当時の日本の社会慣習からいえば、象山の、

「求める者・与える者」

のすべてが、

「時代を乗り越えた奇怪な振る舞い」

と思われたことも無理はない。それほど日本の社会状況は古臭かった。佐久間象山は、

「日本の現象を学ぼう」

と志したが、この時も一流の指導者を選んでいる。これは感性によるものかどう

か、

「自分が師とすべき人物」

を見抜く力において、象山の才能は卓抜していた。絶対に三流五流の師を選ばない。必ず一流ないしは超一流の人物を選んだ。オランダ学の師としてかれが選んだのは、坪井《つぼい》信道《しんどう》であった。坪井信道は、美濃国（岐阜県）揖斐《いび》郡脛永《はぎなが》村に生まれた。坪井信之の四男だった。早くから両親に死別したので、長兄の僧だった浄界に育てられた。文政三（一八二〇）年の春江戸に出て、鍼灸《しんきゅう》師を営みながら宇田川玄真《うだがわげんしん》の門人になり医学を学んだ。玄真は信道の勉強ぶりに感嘆した。門人の中でも特に目を掛けたという。文政十二年に深川上木場三軒町で開業した。事前の評判が口コミで行き渡り、患者の訪問が門前に市をなしたという。信道は医術のかたわら蘭学塾を開いた。天保三（一八三二）年には深川冬樹町に移った。そして、塾名を日習堂と変えた。信道のオランダ学者としての名は高まり、長州藩主毛利家から、

「三百石で召しかかえたい」

といわれ、これに応じた。文政九年に「診候大概」という本を出版し、オランダ医学による診断法の概要を紹介した。この時、体温計を使って体温を測定する方法を論じている。そのため、伊東玄朴《いとうげんぼく》・戸塚静海《とつかせいかい》と共に、

「江戸の三大オランダ医者」

と称された。門人に、緒方洪庵《おがたこうあん》・青木周弼《あおきしゅうすけ》・黒川良安《くろかわりょうあん》たちがいた。坪井信道も佐久間象山の名は知っていた。訪ねて来られて喜んだ。そして、

「最近このような珍書を手に入れました。一度ご覧になったらいかがか」

といって、オランダ語の砲術書を送ってくれた。佐久間象山と聞いただけで、

「ああ、オランダ流の砲術の研究家だな」

とすぐ思いあたるところに、信道のすぐれた面がある。江戸時代は日本人の国内旅行もかなり規制されていたが、学術修業や武術修行だけは認められていた。そのため、学者間の情報交流は全国的規模で常に行なわれている。そのため、

「だれが、どこで、どんな学問を研究しているか」

ということは、気鋭の学者たちはすべて知っていた。だから佐久間象山と聞けば、

「オランダ流の砲術研究家だ」

ということは、信道だけではなく、多くの学者が知っていた。象山は喜んだ。坪井信道のような高名な学者が、すでに自分を知っていてくれたことに感激したのである。しかも、象山の研究テーマを事前に把握していて、オランダ語による砲術解説書を与えてくれたことに胸の底から感謝の念が湧いた。しかし弱った。信道から贈られ

た砲術書は図まで入った入門書だったが、残念ながら象山はオランダ語が読めない。負け惜しみの強いかれなので、信道が本をくれた時は、

「ありがとうございます。早速読ませていただきます」

と応じたものの、家に戻ると残念ながら一字も理解できない。

「参った」

象山は呻《うめ》いた。そして、いよいよオランダ語を学ぼうと志していることが正しいと信じた。そこで、再び信道のところに行って正直にこのことを告げた。

「わたくしは、オランダ砲術に関心を持ち研究を続けて参りましたが、実をいえば目にオランダ語が丁字《いっていじ》もありません。先生からせっかく大切なオランダの砲術書を戴《いただ》きましたが、実は読めません。そこでお願いがございます。わたくしに、オランダ語の初歩からご指導いただくわけには参りませんでしょうか」

信道はこれを聞くと、ほうというような驚きの色を表情に浮かべた。佐久間象山がまさかオランダ語が一字も読めないとは思わなかったからである。まして、この間オランダの砲術書を贈ったときに、

「帰ってよく読ませていただきます」

と応じたから、さぞかしオランダ語に堪能《たんのう》だと思っていた。ところが一字も読めな

いという。しかし信道は、象山の率直なその態度に感心した。信道は非常に門人思いの愛情深い師だった。前に書いたように、信道の門人に黒川良安がいるが、良安はオランダ学ばかり研究していて、和漢の学にあまり目を向けて来ない。それを見ていた信道は、

「これではせっかくオランダ学を学んでも頭脳が偏頗《へんぱ》になってしまう。やはり、日本人である以上和漢の学をしっかり基礎に据えなければだめだ」

と思っていた。聞く処によれば佐久間象山は和漢の学にも堪能だという。特に、作文や作詞も得意だそうだ。信道の頭に閃《ひらめ》くものがあった。信道はこういった。

「わかりました。あなたがオランダ学を学ぶのに手を貸しましょう。ただしこちらからもお願いがある」

「何でしょうか」

象山は警戒した。信道が何をいい出すか不安に思った。信道はこういった。

「わたしの門人に黒川良安という人物がおります。オランダ学においては相当な力量を示しておりますが、残念なことに和漢の学が十分ではありません。これでは学者としてはやはり偏るきらいがあります。そこであなたにお願いしたいのは、黒川君からオランダ語を学ぶのと交換に、あなたは黒川君に和漢の学を教えてやってはくださ

ませんか」

信道の頼みに象山は胸を躍らせた。

「妙案です」

と目を輝かせた。いわば、

「オランダ学と和漢学との交換教授」

を行なってほしいと信道はいうのだ。象山は感動した。

(坪井先生は実に素晴らしい師だ。黒川さんは幸福だ)

と思った。考えてみれば、今までの象山はつねにすぐれた師に出会っている。しかしかれの、

「知的追究心のあせり」

のようなものがあって、知ではかなり固い結びつきをしても、情的な面においては必ずしも師弟関係が温かいものだったとはいえない。それは象山の方がむしろそういう面を避けて、ひたすらに、

「知的追究」

を行なって来たためである。象山は坪井信道を見ていて、改めて、

「師弟のあり方」

というものに目を向けた。信道はすぐ黒川良安を紹介した。良安はにこにこ笑っていて、象山より実は七歳年下なのだが、同年輩にみえた。象山は正直に、

(田舎の村夫子《そんぷうし》のようだな)

と感じた。しかし、良安の表情の底には、今まで体験してきた苦労が滲《にじ》み出ていた。その苦労を、良安は社会への対抗要件とはせずに、自分の中に秘め、皮膚の間に滲ませていた。黒川良安との出会いもまた、佐久間象山にとって、

「一期一会の出会い」

のひとつになる。初対面で象山は良安に魅せられた。そこで、

「わたしの塾でご一緒させていただけますか」

と申し出た。お玉ケ池の塾に同居して、互いに交換教授を行なえば時間的・距離的なロスが出ずに勉学に専念できると思ったからである。良安は信道の顔を見た。信道は頷いた。そこで良安はにこりと笑って、

「では、佐久間先生のお申出に従います。どうぞよろしくお願い致します」

と改めて丁重に挨拶した。良安が信道の許可を求めたのは、そのころの良安は坪井塾の塾長を務めていたからだ。良安が師に確認を求めたのは、

「塾長のわたくしが、塾を出て佐久間先生の塾に同居をしてもよろしゅうございます

か」

という意味だった。黒川良安は、越中国（富山県）新川郡黒川村の医師黒川玄龍の長男として生まれた。十二歳のときにすでに父と共に長崎に遊学している。現地で有名なオランダ学者吉雄権之助《よしおごんのすけ》などに学んだ。父が帰郷した後も、長崎に滞留し天保十一（一八四〇）年まで、実に十二年間オランダ学を学び続けた。やがて江戸に出て坪井信道の門に入った。信道はたちまち良安の才幹に目を見張り、

「黒川君は才徳志の三拍子そろった逸材だ。わが社中第一の人物である」

と褒めちぎった。当時有名なオランダ医者伊東玄朴も良安から、脳の解剖を学んでいる。象山が黒川良安とお玉ケ池の自分の塾で同居をはじめたのは、天保十五年六月二十一日からだという。直後の七月七日に、象山は松代の家老山寺常山に手紙を送っている。文中に、

「初めて口授を得候て、洋文の法を以て原書を読み候処、大いに益を得申し候。この節カステレインと申す書の土類の吟味に係り候所を、日々三枚くらい宛《ずつ》読み候て、口授を受け候。中々訳書とは相違致し、その間に別に味これあり候」

と書いている。この手紙によれば、象山は原書の指導を良安から口述によって受けていたようだ。学問というのはだれでも経験があるが、やはり、

「ハングリー（飢え）の心」

がないとなかなか進歩しない。どうしても学びたいというハングリー精神があると、面白いように学術が身に付いてゆく。特に外国語については、精魂込めて字引と首っ引きで学んでいれば、これが身に付いて忘れることは少ない。しかし、手を抜いて横着をはじめ翻訳文をそのまま原書の中に挟み込んで、教室などでごまかした対応をすると、これは絶対に身に付かない。このころの象山はまさに、

「オランダ学への飢え」

が多分にあったので、面白いように身に付いた。良安も教え甲斐があった。そして良安も象山から次々と和漢の学を学んだ。

象山は良安に感服した。特に人柄の高潔さについてである。

（七歳も年少なのに、自分は良安殿を師として仰ぐ）

と文字どおり謙虚に良安に師事した。

「こちらも和漢学を教えているのだから、オランダ学を教わるのは当然だ」

などという気持は微塵も持たなかった。この期間の象山の生き様は、今までの孤高狷介・傲岸不遜なかれからすると信じ難いほど謙虚な態度を保っている。それほど良安の人柄が象山を感動させたのだろう。そして象山のオランダ学の勉学は著しい進歩

を見せた。良安が見て、

「普通の人間なら一年かかるようなところを、佐久間先生は二ヵ月単位で修得している」

と感じた。これには象山のハングリー精神だけではなく、やはり勉学に振向ける時間の凄まじい量があった。この頃かれは毎晩午前二時ごろまで勉強を続け、そして午前四時にはもう起きて机に向かっていた。二時間ぐらいしか寝ていなかった。まさに三時間しか眠らなかったフランスのナポレオン並の修業ぶりであった。

象山のオランダ学習得は日に日に進み、やがて原書もすらすら読めるようになった。そこで象山は、かねてから自分の胸に抱いた希望を良安に話した。それは、

「松代藩真田家に来て、藩士たちにオランダ学を教えてはいただけまいか」

ということである。つまり、松代藩に仕官してはもらえまいかということだ。条件として、象山は、

「わたくしも難しい立場にあるので、確たるお約束はでき兼ねますが、国の重職に頼んで十五人扶持（約百石）くらいならご用意できると思いますが」

と持ちかけた。そして、良安の師坪井信道にも働きかけた。信道も喜び、良安を呼んで、

「佐久間先生のお言葉に従ったらどうか」

と勧めた。良安は弱った。というのは、かれはすでに故国前田家の長谷川源右衛門という武士の世話で、同藩の家老青山図書から五十石の扶持を受けていた。それでは立場が、

「陪臣（また者）」

なので、立身の道が不透明だったため、かれは江戸に出て坪井信道の門に入ったのである。しかし、青山家とは縁が切れたわけではなかった。いわば、青山図書の糸に繋がれたまま、オランダ学を学んでいたということになる。そして、青山の方でもしきりに、

「金沢へ戻ってほしい」

と要望していた。青山が働き掛けたのかどうか分からないが、故郷の両親からも、

「国に戻って、前田様にお仕えしてほしい」

としきりにいって来た。良安は正直に師の信道に告げた。

「親に背《そむ》くわけには参りませんので加賀へ戻りたいと思います」

信道も諦《あきら》めた。

「たとえオランダ学の権威とはいえ、君もこの国の人間だ。親に背くわけにはいくま

い。帰りたまえ」

こういうことで、黒川良安はやむなく加賀へ戻って行った。この時は青山の陪臣ではなく、正式に前田家の藩医となり、藩校壮猶館《はんこうそうゆうかん》翻訳方《ほんやくかた》や、やがてそれがきっかけで幕府の蕃書調所《ばんしょしらべしょ》教授手伝《きょうじゅてつだい》などを勤めるようになる。やがて、藩の種痘所頭取《しゅとうじょとうどり》や、卯《う》辰山養生所主任《たつやまようじょうしょしゅにん》、藩医《はんい》学館総督医《がくかんそうとくい》などを歴任した。北陸地方のオランダ医学者として、特に種痘の普及に尽くした。また、後進の育成にも力を尽くした。

良安が前田家に仕えていた頃、〝銭屋《ぜにや》五兵衛《ごへえ》事件〟が起こった。海商として名を馳せていた五兵衛が、陸に上がり河北潟《かほくがた》の干拓《かんたく》を思い立った。この時、干拓を急ぐために、石灰を水中に入れた。これが原因で鳥や魚が死んだ。漁業権を持つ沿岸住民たちが怒った。そして、

「銭屋五兵衛が、毒を河北潟に投げ込んだ」

と訴え出た。実をいえば、銭屋五兵衛は加賀藩の家老と結託し、藩の富を増すために密貿易まがいの商売を行なっていたのだが、幕府の隠密がこれを嗅ぎつけていた。開港寸前のことなので、まだ密貿易は大きな罪になる。そこで加賀藩前田家では、この密貿易事件を隠蔽《いんぺい》するために、河北潟への毒混入事件を大袈裟《おおげさ》に取り上げた。これが罪で、銭屋五兵衛は処刑されてしまう。しかし処刑前に、加賀藩でも毒物混入の事

実を調べた。この調査に当たったのが黒川良安である。良安は船の中から幾種類もの水を採取し、綿密に調べた。結果、良安は、

「別に毒物は混入されていない。石灰が投ぜられただけだ。石灰を投じたのは、埋立てを促進するためだ」

と判定した。しかしこの判定書は採用されなかった。もし採用されたら、銭屋五兵衛は毒物混入を理由に処刑されることはなかったはずだ。銭屋五兵衛事件は加賀藩前田家の謀略である。が、そういう政治的意図を知りながらも、黒川良安はあくまでも、

「医師としての良心」

を貫いたのである。

良安に去られて、象山は孤独になった。黒川良安が加賀へ去ったことで大きな衝撃を受けた。胸の中にぽっかり大きな穴が開いた。こんな孤独感は今まで味わったことがない。象山はしみじみと、

(おれも人間だ)

と感じた。そしてその象山にも、

「至急、松代へ戻れ」

という藩命が届いた。というのは、象山は天保十四（一八四三）年十月七日に、藩から、

「郡中横目付」

を命ぜられていた。横目というのは監視役のような意味だろう。しかし上に郡中というのが付いているのは、

「地方管理役」

ということではなかろうか。つまり単に、地方における行政の進行管理を行なうだけではなく、もっと積極的に、地方の産業を振興するような仕事もしろということなのに違いない。それは、象山がこのポストに就いてからかれの行動を見ているとよくわかる。かれは郡中横目付に命ぜられても、そのまま松代に滞在しなかった。逆に江戸に出た。

「西洋学を学んで、その中から松代藩の富に結びつくような方途を探し出す」

というのが理由だった。実際は、あまり松代に居たくなく、江戸で西洋学を積極的に身につけたいと願う象山の学者精神が、そうさせていたのだろうが、これは表向き口にできない。あくまでも、

「松代藩を富ますためには、地方の産業振興が大切だ。それには今までのような古い

やり方では駄目で、西洋で行なわれているいろいろな優れた先進的な方法を導入する必要がある。自分はまずそれを学びたい」

というのが口実だった。しかし象山は単にこれを口実に終わらせただけでなく、

「実行できる方策探求」

に心血を注いでいた。黒川良安と交換教授をするようになった頃、象山は藩庁に頼んで、

「ショメールの百科事典」

を十六冊、金四十両という大金を出してもらって購入している。この書を徹底的に読み漁った。そして、間もなくガラスの製造を試みて成功した。象山はこの成功を、

「西洋人も人間なら、日本人も人間だ。西洋人がやれることは、日本人でも必ずやれる」

と自賛した。この成功に気をよくした象山は、引き続き電気医療機械や地震計なども作った。憑《つ》かれたように応用科学の実験に心血を注いだという。これはかれが、

「松代藩内における地方の産業振興も科学化しなければならない」

と考えていたからだ。天保十五年は、十二月二日に改元し、弘化と改めた。その弘化は五年二月二十八日に嘉永と改元する。嘉永は、その七年十一月二十七日に安政と

改まる。

地方振興役人として活躍

佐久間象山が、主として松代地方の地域振興に心血を注いだのは、弘化初年から嘉永初年に掛けてである。そしてこの期間におけるかれの、

「地方振興策」

は、高く評価する層と、反対に、

「現地の実情を知らない政策の押し付けで、住民負担の著しい増加があったにも拘らず、象山はそれを顧みなかった」

という厳しい評価がある。高く評価する層の象徴は、明治十二（一八七九）年に藩内の佐野村に建てられた、勝海舟の碑文だ。

象山佐久間先生遺沢碑

と銘打たれた碑文は、次のとおりである。

「信濃国高井郡佐野村は、もと松代領なり。此地よもに山をめぐり、そがうち平にて、野の形まどかなり。ゆゑに草木しげり、殊《こと》によね（米）つくるによろし。其民おのづからすなをにて古《いにしえ》の風を存せり、象山佐久間翁藩に在《おわ》せしとき、いたく此地をめで、やがて住まばやと思はれけむ、詩に詠じ、文を賦《ふ》して其志を寄せられし。又郡治の弊せる民の苦を察してしば〳〵其主に申し、いたく攻めたゞされしことゞもあり。是等のこと今は昔となりしを、此民誠ある心から、なほ其恵をたゝへてやまず。終に石に彫りて其沢《たく》を永く世に伝へむとはかり、予が一言を乞ふ。予も其志を愛《め》でゝ、拙を忘れ其需《もとめ》に応ずるになむ。

明治十二のとし初秋

海舟　勝安《かつあ》房誌《わしるす》」

反対に、象山の地方振興策を、

「現地の実情を全く知らない立場で、政策の押し付けを行なった。このため住民負担が著しき増加をもたらし、同時に働き手の動員などにも無理を強いた。そのために、ついに住民が一揆を起こし松代城下に押し寄せた」

と批判する代表が、財団法人和合会が出した、

『志賀高原と佐久間象山』

という本だ。この本では、

「現地の立場に立って象山の改革策をこう見る」

というアングルから、事細かく象山の改革策の浸透と、それに対する反応あるいは反発が書き留められている。

勝海舟は、象山の義兄だから手放しで象山のやったことを褒めたたえるのは当然だ。しかし、碑の建てられた佐野村には、あるいは海舟が書くように、

「象山の沢を慕う」

とその徳を称える人々もいたのかもしれない。この辺は、象山の性格から考えると、誉める方も、あるいは批判する方も両方の立場がよく理解できる。

しかし筆者は、この誉める立場と批判する立場のいずれかに与《くみ》するよりも、

「第三の見方」

があるのではないかと思っている。第三の見方というのは、しばしば引用するが象山が、

「年齢に応じた自分の立場の自覚」

を詩に書いたあの認識だ。意訳すれば、

「二十歳にして自分は松代藩人であることを知り、三十歳にして日本人であることを知り、四十歳にして国際人であることを知った。この立場から、松代藩の事業も考える必要がある」

というものだ。今でいえば「グローカリゼイション」だ。グローカリゼイションというのは、

・国際的視野に立って、日本国のことを考える

・日本国のことを考えながら、地方のことを考える

ということだ。地方においてはさらに地域に細分されるだろう。象山が考えたのはこの角度ではなかろうか。つまり、かれは四十歳にして自ら悟った。

「国際人の立場で、象山個人の責務を考える」

と、世界から日本へ、日本から地方へ、地方から地域へ、地域から個人へという逆流によって、

「自分たちの責務」

を考えた。したがってかれが藩から「郡中横目付」を命ぜられ、その後「佐野・沓《くつ》野《の》・湯田中《ゆだなか》三ヵ村の利用係」に任命されて、必死になってその振興策を考えた底には、この、

「国際人としての自覚」

があった。だからかれにすれば、三ヵ村の振興策を展開することは、

「そのまま松代藩の富に繋がり、松代藩の富はさらに日本国の富に繋がる」

と考えていた。地球的規模から逆流させるこの発想に、おそらく三ヵ村の人々はついて行けなかったに違いない。ここに象山の、現地でいう、

「現実無視」

の態度が見られる。理想を追う象山にすればそれが当たり前なのだろうが、土にしがみついて日々の生計を必死になって立てる現地の人々にすれば、やはり象山が次々と出す指示の内容は、

「現地に融合しない無茶なやり方だ」

と思えたのも当然である。つまり、

「発想差」

が、この悲劇をもたらしたといえる。バブル経済が崩壊して以来、日本では民間企業においては〝リストラ（再構築）〟が行なわれ、政府や地方自治体では、〝行財政改革〟がしきりに行なわれている。しかしいずれにしてもこれは痛みを伴う。そうなると、実行する現場では、やはり単に、

「総論賛成各論反対」

だけではなく、

「なぜ・いま・こんなことを・行なうのか」

という疑問の声を上げる。主としてこれは中間管理職の役割だが、当然それに対し、

「何のために行なうのか」

ということを説明し、相手を納得させ、協力させる必要がある。それには、

・改革の目的をはっきり示す
・一人ひとりの改革への協力度のシェア（寄与度・貢献度）を明確にする
・それに対する評価をきちんと行ない、信賞必罰を明らかにする

という三つの要件を満たすことが大切だ。わずかな年月で、傾いた自動車会社の財政を再建したカルロス・ゴーンさんは、この改革の成功の秘訣を次のように語っている。

・改革のトップが改革の目的をはっきり確立すること
・それを、全従業員に周知徹底すること
・中間管理職が先頭に立って、その職場の従業員のモラール（やる気）を高めること

しかし最後の「現場従業員のやる気を高める」には、やはり、「改革に協力することに、従業員が喜び・魅力・やり甲斐を感ずることが大事だ」という。そうなると、それは最初に立てた改革の目的の中に、三つとも含まれていなければならない。というのは、現場の従業員に改革に協力してもらうということは、トップが立てた改革の塊を砕いて、全従業員の数だけかけらを作り、それを一かけらずつ渡すということになるからだ。現場の従業員にすれば、貰ったかけらの中にすでに、

「喜び・魅力・やり甲斐」

の三つを発見できるようなものが必要だ。

この点、象山は理想主義者であるがために、この時間と根気と現場の住民に対する愛情の三つに、やや欠けるところがあったのではなかろうか。かれはおそらく、

「現在の改革は時間との戦いだ」

と考え、自分の理想の高いことを至上と考え、現地の住民に対しても、

「当然、こんなことは理解するはずだ」

と頭から思い込んでいたのではなかろうか。この本人の思い込みが、いきなり新しい方法で次々と産業振興を図る象山の気持にズレを生じさせたのだ。無理もない。両方正しい。しかし、やはり現場からすれば、

「納得したうえで協力できるような説明がほしい」

ということになるだろう。もう一つは、日本人の性癖は、

「何をやったか」

という実績や内容ではあまり評価しない。逆に、

「だれがやったか」

という〝ひと〟で判断する。したがって、この改革の場合も、

「だれが指導しているのか」

　ということになると、佐久間象山のそれまでの評判がやはりいろいろと噂される。必ずしも藩主の真田幸貫や数人の重臣たちのように、象山の能力を正しく評価している者だけではあるまい。片々と飛ぶ噂をそのまま信じて、

「佐久間さんは変わり者だ」

　とか、

「藩庁のハミ出し者だ」

　などということもかなり浸透していたにちがいない。そして、もともと負担を伴う改革は、痛みがあるから、どうしてもこれを嫌う。そうなると、それを避けるために、

「指導者はだれだ」

　というところにも関心が行く。この面で、佐久間象山が決してプラス要素を多く持っていたとはいえない。その意味では、勝海舟が書いた佐野村の顕彰文にも、具体性はあまりない。美文調ではあるが、通り一遍の褒め言葉のような気がしないでもない。しかしいずれにしても、象山自身にすれば熱心に改革策を考え実行した。その中身を次に掲げる。

象山が領内の三ヵ村を中心に産業振興策を考えるに当たって、かれは事前につぶさに村を調査した。たとえば弘化元年十月上旬に帰国した象山は、十月十六日から佐野村に出張した。そして、藩有林・坪根新堰などの調査を行なった。月中に松代に戻って来たという。この調査では、
・食事は一汁一菜とする
・村民の饗応は一切謝絶する
・飲酒は禁止する
などを実行した。これは、今までの地方役人の悪習を改める目的もあった。やがてこの年十一月十三日に、佐野・沓野・湯田中の三ヵ村の利用係に任命されたので、特に沓野地方の開発を計画した。

・馬鈴薯《ばれいしよ》の栽培を実験する
・金銀・銅鉄などの鉱山を調査して、その発掘を計画する
・植林を積極的に行なう

・水道を敷設する

などのことを考えた。しかしこの間においても、ずっと地域に滞在したわけではない。思い立つと、

「ちょっと江戸に行って、参考になる学問を調べて来る」

といって江戸へ旅立つ。そして、お玉ケ池の塾を中心に、主としてオランダ学の書物によって、

「西洋流の地域振興策を、いかに山村に適用するか」

と考えた。松代と江戸の間を往復し、〝フィードバック〟的に、振興策を強化したのである。このやり方に藩庁の方では相当文句が出た。

「佐久間はわがままだ」

「好き勝手なことばかりしている」

という批判があった。実際に象山に振興策を命じた重役たちは、

「一日も早く帰藩するように」

と象山に催促状を送った。象山はそれに対し、

「まだ帰れるような状況ではない。こういう策について、目下考究中だ」

といろいろ言を左右にして江戸滞在を延ばした。かれにすれば、やはり江戸の方が住み心地が良かったのに違いない。やがて弘化三年閏五月に帰藩した。この時は、腹を据えたらしくお玉ケ池の塾も完全に引き払った。

しかし松代に戻った彼は、それまでの浦町の家が非常に荒れ果てていたので、伊勢町にあった御使者屋という藩のいわば公舎を借りた。ここで暮らすことになった。そして今度は、

・「三村（佐野・沓野・湯田中）」の興利《こうり》のために、養豚を行なう

・馬鈴薯の実験栽培を行なう

などの方法をはじめた。当時は肉食がはじまっていたが、やはり牛は仏教の関係から敬遠されていたので、豚ならよかろうと象山は判断したのである。まず御使者屋の自分の屋敷の庭で実際に飼育の実験を行なった。成功した。馬鈴薯については、かれはこんなことをいっている。

「沓野山中其外薄地《はくち》にて五穀生じかね候場所へ、ギャガタライモを多く種《う》ゑ込せ度ものと存じ奉り候。是は西洋諸国に於て、これのみを平生の食餌《しょくじ》に仕候国数多くこれあ

り候趣、ショメールの内にも見え申候。其救荒《きゅうこう》の助けに相成ものに御座候」

徳川八代将軍吉宗の時代に、大岡越前守忠相《おおおかえちぜんのかみただすけ》が自分の家に居候していた青木昆陽《あおきこんよう》という植物学者に命じて、甘藷《さつまいも》の実験栽培を命じたことがある。大岡の意図は、

「災害時に、米だけに頼っても不足する。代替食が必要だ」

と考えて、非常時に甘藷を米の代わりにするつもりだった。象山の考えもこれに似ている。確かに沓野方面で米はあまりできないが、それだけではない。ここに書いてあるように、

「非常時の代替食」

として馬鈴薯を考えたのである。ほかにも、

・漢方薬の国産化（そのための実験栽培）
・石灰を焼いて硝石をつくること
・葡萄酒《ぶどうしゅ》の醸造

なども実験した。

嘉永元（一八四八）年に、象山は沓野へ出張した。岩菅山《いわすげやま》へ登り、さらに魚野川《うおのがわ》の

流れに沿って越後国（新潟県）まで出て戻って来た。この時の目的は、

「深山幽谷《ゆうこく》に潜んでいる銅鉱脈を発見すること」

であった。発見した銅鉱を積極的に発掘するために、この時かれは働き手問題を起こした。問題になったのは、

・象山が要求した働き手の人数調達が、現地では無理だったこと
・現地では、その頃季節に応じた労務（草刈）が行なわれていて、到底余剰人員などなかったこと
・賃銀の額と支払い方法に疑問が生じたこと

などである。このため村民たちは、

「これ以上佐久間さんと話していても埒《らち》が明かない。松代の城下に行って、お代官に直接訴えよう」

ということになった。大勢の村民が松代めざして行動した。が、その間に象山の説得や、村役人たちの協力もあって、結果としては藩政を左右するような大騒動にはならなかったようだ。が、こんなことは最近例がないので、

「佐久間騒動」

　と呼ばれた。

「一揆の原因をつくったのは佐久間だ」

　と思われたからである。しかし象山の意気は高く、一揆の主張には屈しなかった。むしろ、

「改革の目的を理解しない連中」

　的な見方をした。これは前にも書いたように、

「改革に対する発想差」

　があるのだから仕方がない。もう一度第三者の立場的ないい方をすれば、佐久間象山の国際的視野から逆算した改革作業観と、現地に長年暮らしてきた村民たちとの価値観との間に差があったということだ。二者択一の方法は無理だ。どっちをとっても、どっちかが傷付く。やはりこれは客観的に眺めることが、この騒動に対するいわば「歴史的な評価」といえるのではなかろうか。

『志賀高原と佐久間象山』

　という本の最後で、著者は次のように書く。

「象山が沓野村の農民を、あるいは他の二か村の農民を人足として徴発したことについては、松代藩の重役たちは知らなかったようである。これは、武士としての資質の問題というよりも、科学者・思想家としての思い上がりとして理解した方がよいようである。象山は、幕末期の松代藩を担う為政者としては完全に失格者だといえる。

象山の志賀高原の開発は、騒動後も続けられる。しかし、大規模なものではない。嘉永二年七月に、藩老に宛てた書簡によると、『沓野村御林奥祥草山金坑試掘』を進めていることがわかる。と同時に、恩田頼母宛に『西洋辞書ハルマ開板』が幕府から許可されたために、一二〇〇両の借用を藩へ申込んでいる。ヨーロッパの科学技術の導入について、これだけの努力を費やすということは、当時にあっては卓抜した頭脳の持主であり、かつ人並以上の行動力があったといわねばならない。しかし、これらは、藩の利益を前提としているにもかかわらず、すでに経済的に破綻をしている松代藩の経済をただちに建て直すだけの力とはならなかった」

「右の書簡がだされてから一か月後の八月に、松代藩から沓野銀鉛山試掘の中止が命ぜられる。象山の藩を背景とした鉱山開発の科学的実験は、これをもって終わる。嘉永四年五月八日、象山は三か村の利用掛を免ぜられる。これ以後は、急速に思想家として の象山が政治の世界へ接近する。ペリーの来航を予告し、その軍備力を適確に把握するとともに、世界の情勢についての科学的知識を誰れよりも持っている象山が、科学者としてではなく、思想家として倒れるというのも幕末であった、というばかりでは片付けられない。行動する思想家としても卓越していたためであろう」

逸《はや》る改革のために、住民の負担増を顧みなかった象山を批判するが、しかし科学者としての象山を、

「先見の明ある先覚者」

として評価している。おそらくこの本の著者は、佐久間象山が、

「科学者として生を全うしていれば、大きな業績を上げたはずだ」

と惜しんでいるのだと思う。人物というのは円筒形のようなものだ。三百六十度方位から光を当てることができる。そしてその光を当てる視座は、それぞれ、

「その人物に対する今日的なニーズ（需要）」

によって異なる。象山は主として、藩主真田幸貫他重職陣に愛された。その意味では、この本の著者がいうように、

「現場の苦労を果たしてどれだけ認識していたのだろうか」

ということになると、その辺はかなり空間的に飛び越えていた気もする。が、四十

にして国際人として自覚を持った象山にすれば、あるいはこの気の焦りもやむを得なかったのかも知れない。それは、象山の心の底には、

「私利私欲」

は全くなかったからだ。したがって、そういう象山の性格を藩首脳部がきちんとわきまえていたならば、

「地域に密着した行政」

が、必ずしも象山に向くものであったかどうかは疑問だ。つまり、こういう人の活用法が果たして、

「適材適所」

であったかどうかは、象山に同情したくなる。しかしだからといって、象山は、

「自分に向かない仕事」

とは思わなかった。

「自分が学んだ西洋科学を大いに実験する事業」

と考えた。決してかれは手を抜いたり、いい加減な対応をしたわけではない。むしろ、それまでの藩の地方役人の悪弊を糺《ただ》すような方向でこの事業に取り組んだ。改革というのは、

「三つの壁への挑戦」

である。挑戦というのは、そのまま、

「物の壁（物理的な壁）・しくみの壁（制度的な壁）・こころの壁（意識の壁）」

を打ち壊すことだ。しかし、これはいかに能力が優れていてもひとりの個人では到底なし得ない。それは象山も同じだった。やはり改革を行なうには、それなりの、

「手続きを踏む」

ことがまず先決だ。同時に、

「改革の主旨の周知徹底」

を図ることも欠くことができない。この不幸な出来事には、どうもそういう一連の〝準備〟が不足していたように思える。これは、象山一人の責任ではなく、やはり藩首脳部の責任でもある。しかし象山の気質からすれば、あまり他から嘴《くちばし》を入れられることが好きではなく、

「全て自分に任せてほしい」

という独断専行方式を展開したことは十分に考えられる。つまり、

「他から何をいっても、聞き入れようとしない」

という面が多々あったのではなかろうか。こういう人物が得てして陥るのは、

「自分で何でもやり遂げる、あるいはやり遂げたい」

と思うことだ。象山は特にその傾向が強い。したがってここでは、

「象山ひとりに任せて、藩首脳部は一体何をしていたのか」

と書いても、当時の藩首脳部にすれば、

「いくら脇から意見をいおうとも、象山は決して聞き入れようとはしない」

という反論が返って来るかもしれない。そうなると『志賀高原と佐久間象山』の本に書かれているように、

「科学者としては幕末で卓抜な能力を持っていた象山は、藩の為政者としては失格者だった」

という言葉が当たっているかもしれない。嘉永四年五月八日、象山は三ヵ村利用掛を免ぜられた。藩主真田幸貫は、象山の功を賞して褒美に小袖一襲《かさね》を贈っている。

筆者はかつて地方公務員の経験があるので、こんなことに拘《こだわ》るのかもしれないが、佐久間象山のいわゆる、

「松代藩士（すなわち役人）としての勤務状況」

を見ていると、時々首を傾げることがある。それは、あるポストに任命されていながら、その期間職務に専念せずに、他の仕事を行なっていることである。いわば、

「異種業務の同時進行」

を行なっているのだ。もちろん、常人ではない象山のやることだから、それは当然できた。しかし、反面、

「一つの職務の決着をつけずに、藩庁の方もよくそれを認めていたものだな」

と思うこともある。もちろん、象山を信頼する藩主真田幸貫の特別な庇護があったとは思うが、それにしてもかれの八面六臂《はちめんろっぴ》の活躍ぶりは目を奪う。かれは天保十四（一八四三）年十月に「郡中横目付」を命ぜられた。そして一時帰国したが、すぐまた江戸に出て黒川良安と交換教授をしている。そして翌年十月にまた松代に戻り、沓野村の調査を行なっている。十一月には佐野・沓野・湯田中三村の「利用掛」を命ぜられた。ところがその年十二月にはまた江戸に舞い戻って、黒川良安からオランダ文典を学んでいる。翌弘化二年には、チルケの兵書やカルテンの砲術書を学びながら再び帰国して、沓野の開墾地に馬鈴薯の実験栽培を行なっている。翌三年五月には、松代で養豚を行なった。弘化四年の三月には、信濃地方に大地震があった。象山はこの事後処理にも当たっている。そしてその年の十二月には「郡中横目付」を辞任した。このころから顔真卿の書体を学びはじめている。弘化五年は、二月二十八日に改元して新しく嘉永となった。その元年三月に、沓野村で薬用人参を植えた。六月には沓野

村の山中で鉱脈を発見した。『沓野日記』を書きあげた。この年十一月に、次男の恪《かく》二郎《じろう》が生まれた。母は菊という側室であった。

象山の志賀高原開発は、実際には嘉永二（一八四九）年の八月に、まず沓野鉱山の試掘の中止命令が出されている。これによって、かれの地域開発実験は一応終止符が打たれたといっていいだろう。しかしこの頃もかれは開発だけを行なっていたわけではない。嘉永元年の暮れには、藩の命令によって大砲数門を作っている。しかも松代西郊で試射を行なっている。そして、翌嘉永二年五月には、三斤野戦銃の試射を行なった。また、七月にはオランダ書『ハルマ』の改訂出版を企て、藩から資金を借りている。そして、十月には同書の出版伺いを幕府に出した。また、嘉永三年二月には、松代城の南方の花水沢で大砲を試射している。この頃、幕府に願い出たオランダ書の出版が不許可になった。

　嘉永三年七月に、象山は再び江戸に出た。そして江戸深川にあった松代藩江戸邸に住み、ここで砲術教授の看板を掲げた。すでに象山の砲術家としての盛名は江戸中に聞こえていたので、たちまち入門者が押し掛けて来た。低身分の幕臣勝麟太郎が入門した。さらに、豊前中津の藩士が一挙に七十人も入門した。おそらく、九州の大名たちには、

「いざという場合の長崎防衛」の任が下されていたためだろう。豊前中津藩は、享保二（一七一七）年に奥平《おくだいら》氏が入ってから、代々の藩主の中には、

「蘭癖（オランダ狂い）」

と呼ばれるような者が何人も出た。特に五代目の藩主昌高は、薩摩の島津重豪《しげひで》の二男で、奥平家の養子になった。大変な蘭癖大名で、自分でも『中津辞書』というオランダ学書を書いている。この藩から、福沢諭吉が出るのは、やはり奥平家の伝統によるものだろう。

中津藩奥平家は、単に藩士の西洋砲術学習だけではなく、実際に象山に十二ポンド野戦砲の設計図を頼んだり、また蝦夷松前藩からは、十八ポンドの長カノン砲や十二ポンド短カノン砲の鋳造依頼を受けている。この年の暮れに象山は松代に戻った。この時、各藩の門人十数人を連れて行った。そして翌嘉永四年の二月に、藩士金児忠兵衛《かねこちゅうべえ》が鋳造した五十斤石衝大砲の試射を城西生萱《いきがや》村で行なった。この時撃った弾の一つが、山を越えて満照寺という寺の庭に飛び込んだ。満照寺は天領（幕府直轄領）の地域内にある。これが問題になった。しかし象山は全く謝罪の気持はなく、逆に、

「撃った弾を子供が拾って満照寺の庭へ持ち込んだのだろう」

と詭弁《きべん》を弄《ろう》した。かなり大問題になったが、藩の重役が謝罪して、

「今後、大砲を撃つ時には、事前に代官所に届ける」

と約束してこと無きを得た。しかし象山は憤懣《ふんまん》やるかたない。

「たとえ、天領の寺に弾が転がり込もうと、われわれの試射は真田家のために行なっているわけではない。幕府のため、日本国のために行なっているのだ。それを弁《わきま》えれば、こんな文句はいえないはずだ」

とぶつぶつ文句をいった。改めて行なった大砲の試演の際は非常にうまく行き、好成績だった。沢山の見物人が拍手喝采《かっさい》した。このころ、杏《あんず》の花が真っ盛りだった。象山はもともと詩人なので、この大砲の発射によって、杏の白い花が吹雪となって散乱する様を一片の詩に綴《つづ》っている。

この頃だろうか、かれは藩医の村上英俊《むらかみひでとし》に、

「フランス語を習いたまえ」

と勧めている。村上英俊は文化八（一八一一）年四月八日に、下野国（栃木県）那須郡佐久山で生まれた。父は医者だった。文政七（一八二四）年に父の供をして江戸に移った。漢学や医学を学び、やがて十八歳のときに宇田川榕庵《うだがわようあん》にオランダ学を学んだ。天保四（一八三三）年に父が死ぬと、縁故の紹介で松代で町医を開業した。その

才幹を見込んだ藩が藩医に任じた。佐久間象山から、

「フランス語を習いたまえ」

とはいわれたが、象山は別に誰に学べといったわけではない。このころまだフランス語の師は少ない。そこで英俊は独学でフランス語を習得した。嘉永四年には、藩主の真田幸貫が、

「江戸に出て、本格的にフランス語を学べ」

といってくれたので、江戸に出てフランス語を学習した。やがて幕府が、

「親フランス的姿勢」

を強めたので、幕府に登用され蕃書調所の教授や、翻訳掛になった。当時、日本の外国語はほとんどがオランダ語だったので、英語もフランス語も堪能な人物が少なかったからである。

英俊は慶応三（一八六七）年に幕府の役人を辞める。そして、明治になってからは私塾を開いて洋学と理化学を教えた。ヨードの製造を試みたこともある。化学の分野でもなかなかの才幹を示した。明治十五（一八八二）年に帝国学士員会員、同十八年には、フランス大統領から名誉勲章を贈られた。明治初期の、

「フランス学会の泰斗」

といっていい。明治二十三（一八九〇）年一月七日に、八十歳で死ぬ。こういうように、象山は、学者としての目配りが鋭い。

「野に遺賢なし」

という言葉がある。つまり、有能な人材は必ず発見されるから、絶対に在野のままで終わることはないという言葉だ。現実は違う。コネがなければ当時でもなかなか世には出られない。したがって、事実は、

「野は遺賢ばかり」

である。しかし象山は違った。

「野は遺賢ばかりにしてはならぬ」

と固く信じ、眼の届く限り、野の遺賢を片っ端から拾い上げた。そして教育した。この点、門人の吉田松陰が日本有数の教育者であったのと同じように、象山もまた、単なる科学者ではなく、

「優れた教育者」

の面も多々持っていた。

嘉永四（一八五一）年五月二十八日に、再び江戸に出た象山は木挽町《こびきちょう》五丁目に砲術指南の塾を開いた。たちまちまた入門者がどっと押し寄せた。この中に吉田寅次郎

（松陰）・小林虎三郎・山本覚馬《やまもとかくま》・橋本左内《はしもとさない》・河井継之助などの名士がいる。吉田寅次郎と小林虎三郎は、

「佐久間門下の二虎」

と呼ばれて、その俊秀ぶりを謳《うた》われた。小林虎三郎と河井継之助は、同じ越後の長岡藩牧野家の家臣である。しかし河井継之助は鼻っ柱が強く、同じ鼻っ柱の強い師の象山とはどうも反《そ》りが合わなかったようだ。かれはやがて象山の門から飛び出す。そして、遠く備中松山（岡山県高梁市）の板倉家の家老だった山田方谷を訪ねてその門に入った。

象山は、松前藩から頼まれた大砲ができあがると、この試射を上総国《かずさ》（千葉県）姉《あね》ヶ崎《がさき》で行なった。最初のうちはよかったが、最後に爆発が起こって砲身が破裂した。まわりにいた者が多数怪我をした。これが評判になって、象山はからかいの落首を作られた。

大砲を打ちそこなってべそをかき
　あとのしまつをなんとしょうざん（象山）

落首というのはなかなかうまい世相批評だ。おそらく、十分な知識や能力があっても いわゆる、

「野の遺賢」

として、なかなか官途につけない不満分子が、鬱憤《うつぷん》晴らしに詠んだものだろう。松前藩では、

「大金を投じたのに、こんな始末では甚だ迷惑だ」

と文句をいった。ところが象山は、ちっともへこまない。逆に、

「古語に、三度肱《ひじ》を屈して名医になるという言葉があります。失敗は成功の基です。あなた方大名家も、日本国のためにもっと拙者に金をかけて下さい。天下広しといえども、今の西洋砲術については拙者の外《ほか》には人がおりません。拙者も、失敗を重ねているうちにだんだん名人になると思います」

といい返した。松前藩は呆れて何もいわなかった。普通にみれば、佐久間象山のこういう態度は今までと全然変わっていない。つまり、

「自信たっぷりな傲岸不遜の態度」

を続けているように見える。しかし、筆者は必ずしもそうは思わない。この頃の象山は文字通り、

「薄氷を踏むような気持」

でいたのではなかろうか。理由はいくつかある。

象山自身が、「三ヵ村利用掛」を免ぜられたのは、嘉永四年五月八日のことだ。しかし、この免職辞令が出る前も、象山は江戸と松代を往復しながら、

「西洋砲術の教授」

に励むと同時に、かれ自身が、

「自分の科学知識の増強」

に努めている。象山にしても、三ヵ村の開発実験は明らかに失敗だったという認識はあっただろう。しかし、かれは三ヵ村の開発に努力すると同時に、一方では、

「西洋砲術の教授と普及」

に勤《いそ》しんでいた。

「二つの仕事を同時進行させていた」

といえる。考えようによっては、これが、

「かれの挫折を救った」

ともいえる。もしも、三ヵ村利用掛の職務だけを命ぜられ、それに専念していたのなら、その失敗の打撃は大きいはずだ。しばらくは落ち込んで気持の建て直しも容易

ではない。しかし、象山は悪い言葉を使えば、

「そんな失敗は全く意に介せず」

という態度で、江戸へ飛んで行ってしまう。松代にそのままいたら、おそらく批判の礫《つぶて》を投げられて、相当追い込まれた状況になっただろう。しかしそれを忘れ去らせるかのように、すぐ江戸での生活が待っていたということは、

「一つの次元で失敗しても、もう一つの生息次元がある」

ということだ。俗な言葉を使えば、

「松代がだめでも江戸があるさ」

ということである。

「ひとつのことに失敗しても、他にもっとやらなければならないことがある」

という状況は、象山の生涯を貫く生き方だ。ある意味では、これが象山にいつまでも挫折感に浸らせることなく、すぐ次の仕事に生命を燃焼させるゆえんだ。

しかしだからといって、象山が、

「たとえ三ヵ村の開発に失敗しても、おれには別にやることがある」

と自信を持って自分にいい聞かせていたかどうかは疑問だ。

つまりかれは、

「複数の仕事を同時進行させることによって、自分の精神のバランスを保っていた」

ともいえるのではなかろうか。

松代藩士から日本人へ、日本人から世界人へ

もうひとつは、藩主真田幸貫の立場だ。老中首座水野越前守に指名されて入閣し、海防掛という国防問題を担当した頃は幸貫も張り切っていた。そして、それまでかれに加えられていた藩重職層からの批判も躱《かわ》すことができた。

「幕府のため、日本国のため」

という大義名分を唱えれば、松代城における保守層のためらいや、批判も振り切ることができたからである。しかし、水野が失脚し幸貫も海防掛を免ぜられただけでなく、老中職も辞任した。これは、日本人の悪い癖である。

「何をではなく、だれがやっているか」

という弊風が、江戸城内にも存在したからである。水野越前守忠邦も、必ずしも江戸城で歓迎されたトップではない。強引な改革は、かなり江戸城という澱《よど》んだ沼のあ

ちこちに石を投げ込み、波紋を立てた。真田幸貫はその、

「厄介者の老中の腰巾着」

的な存在だった。まして譜代大名から見れば、真田家は外様だ。そういう意識もあって、幸貫は決して江戸城内に安住の地を得ていたわけではない。そして、老中を辞任し、海防掛を罷免されれば、またもとのただの外様大名の一人に戻ってしまう。そうなると今度幸貫がやらなければいけないことは、

「安定した藩政の実行」

である。しかし幸貫は、野心家だっただけにそれに安住することはできなかった。ただの大名に戻っても相変わらず、

「松代藩真田家は、日本国を守るためにできる限りのことをする」

という方針を保ち続けた。そして、

「松代藩軍の近代化」

に力を尽くした。相変わらず佐久間象山を重用しながら、西洋式の大砲の鋳造にも力を入れた。保守的な重役たちからすれば、

「殿様は、相変わらず藩費の無駄遣いをしておられる」

と見えた。批判派の先頭に立っていたのが、宿老の真田志摩（桜山）や新進気鋭の

長谷川昭道、そして成沢勘左衛門たちである。かれらには、六代藩主真田幸弘と幸弘が抜擢した家老恩田木工の、地道な藩政改革路線への懐旧心があった。つまり、

「藩政改革というのは、内治を強化することであって、決して外に向けた政策にばかり藩費を使うべきではない」

というものだ。したがって真田志摩たちは、重臣の立場からすれば、

「恩田木工殿の昔に返れ」

というひとつの指標があった。恩田木工の改革は、

「虚言申すまじ」

という、改革者自身が誠実心を貫くことを藩民に示して、その信頼を得ようとしたいわば精神主義的な改革である。数字的に、その効果は必ずしも高い評価を得ることは難しいが、藩政改革に取り組んだ姿勢そのものは、当時の松代城内の武士や、藩民にとって模範となった。もともと松代という地域は、海のないいわば、

「内陸部の孤島」

的な地勢にある。したがって、海洋的発想を持つのは難しい。堅実で、こぢんまりと与えられた資源の枠の中で実行していく地道な藩政が歓迎された。その意味では、今の藩主真田幸貫やその子分である佐久間象山のやり方は、

「海洋的な発想」

である。馴染まない層が沢山いたのも無理はない。

長谷川昭道は、文化十二（一八一五）年に生まれた、

「松代の麒麟児《きりんじ》」

といわれたほどの秀才であった。勝手元締役として活躍した。いわば松代藩の財政担当責任者である。したがって、幸貫・象山コンビによる多額な「国防費」の支出には、いつも渋面を作っていた。象山も、この長谷川とは反《そ》りが合わず、

「自分がやろうとすることは、金の面で悉《ことごと》く長谷川昭道が邪魔をする」

と見ていた。端《はた》から見れば、

「佐久間象山と長谷川昭道はライバルだ」

ということになるが、当人同士にとってはそんな生易しいものではない。はるかに根が深い。

象山もばかではない。やはり、主人の幸貫が老中辞任後に、かなり変化して来た松代城内の空気を敏感に受け止めている。だから、すぐ江戸に行ってしまうのは、やはり松代における、一種の〝居心地の悪さ〟も影響があっただろう。何といっても江戸に行けば、

「佐久間先生、佐久間先生」

と、門人たちから立てられるだけではなく、一流の学識経験者や、名のある幕臣たちとも交流することができた。小鳥のさえずりのような、つまらないぼやきや批判など耳に入らない。象山は、

「おれは大波のうねりに乗って生きている。それを、松代のやつらはさざ波のような騒ぎ方ばかりする」

と思っていたのではなかろうか。しかしそれにしても、まだまだ養子藩主として頑張っている幸貫が健在の頃は、象山もある程度大船に乗った気で、思うことが実行できた。しかし、その庇護者幸貫にも多少翳《かげ》りが生じ、象山の意見が百パーセント通らなくなりはじめた。幸貫自身も、

「藩内の反対勢力」

の存在を無視できず、これに配慮しはじめたからである。この頃の象山は完全に、

「日本人意識と国際人意識」

が先行していて、松代藩人であることを、二の次にしていた。つまり、

「日本人・国際人意識の中に、松代藩人意識を融合させるべきである」

と考えている。いってみれば松代という地域人意識は、日本人や国際人としての意

識の中に、発展的解消すべきだということだろう。

かれが江戸で砲術指南の塾を開いたときにどっと憂国の若者が押し寄せた。かれらの憂国の情は本物で、象山は頼もしく思った。同時に、

「松代の人々も、こういう国家を憂え、国防を考える熱情を持ってもらえればいいのだが」

と感じた。かれのところにどっと押し寄せた日本各地からの国士といっていいような若者たちとの遭遇は、これもまた佐久間象山にとって、

「一期一会の出会い」

であった。特に押し寄せた若者たちが、それぞれ藩に属しているにも拘らず、意識の面ではとっくに、

「藩を脱する気持」

が強かったことだ。これは象山を喜ばせた。もちろん、気質的に象山と性格が合わずに、他へ去って行く河井継之助のような若者もいる。しかしその河井継之助にしても、

「憂国の情」

は、だれにも劣らない。象山から見れば、

「わたしのところへ西洋砲術を習いに入門する者は、すべて愛国心に燃えている」と思えた。嬉しかった。だから、国元の方でいくら譏《そし》られ、批判されようとも象山は落ち込まなかった。逆に勇気が湧いた。ただ、かつてあれほど自分を庇護し、また自分の方も大船として摑《つか》まっていた藩主真田幸貫の、あれほど高かった国防の意気が、少しずつ減退しているように思えるのは残念だった。

実際には、この頃松代藩内ではいわゆる、

「派閥抗争」

が次第に熾烈《しれつ》化していた。派閥争いといっても、陰湿な権力争いではない。いや権力争いには違いないが、その底にあるのはあくまでも、

「政策の争い」

である。前に書いた、

「六代目藩主真田幸弘と家老恩田木工による藩政改革」

こそ、現在の松代藩が進むべき道だとする真田志摩・長谷川昭道・成沢勘左衛門などのグループと、現藩主真田幸貫の、

「国防のためには、松代藩が率先して藩軍の西洋化や、大砲の鋳造などを行なって、全国大名の範となるべきである」

という路線との争いだ。後者はいうまでもなく象山の唱える、

「松代藩意識だけではなく、日本国意識、さらに国際意識を持って対処して行く時代だ」

という認識に基づく政策の展開だ。しかしこれには非常に金がかかる。堅実な藩政執行者たちには、

「もう二度と、幸弘公・恩田木工殿が改革を展開した当時の財政状況には戻りたくない」

という思いがあった。これはこれで一理ある。したがって両路線とも、

「松代藩真田家のためを思って」

それぞれ政策を選択していた。どちらが善でどちらが悪とはいえない。いわば、見解の相違、発想差ということになるだろう。その意味では、象山が自分の知行百石を抵当に、藩主幸貫に願い出て千二百両の資金を借用して自ら原稿を整理した、『増訂和蘭語彙』の幕府での出版願いが、不許可になったのも、あるいは幸貫・象山に反対する派の政治工作があったのかも知れない。この頃の佐久間象山の支持者としては、藩主の真田幸貫はもちろんのことだが、江戸表においては幸貫が老中だった当時手足として活

躍した山寺常山や、江戸家老の望月主水などがいた。国元では鎌原桐山・恩田頼母・赤沢助之進などの重職がいる。しかし真田桜山や長谷川昭道たち反対旧臣派たちの城内における説得は次第に効を奏しはじめていた。藩士全般に亘って、

「給与の削減」

が行なわれていたから、どうしても〝金食い虫〟と呼ばれる象山の諸施策展開には、ついて行けない。象山も、松代藩人意識よりも、日本人意識・国際人意識の方が前に出ているから、松代で実験するいろいろな事業についても、

「これは何のために行ない、成功すればこういう効果がある」

というプロセスを丁寧に説明はしなかった。

「そんなことは、分かり切っている」

とにべもなく振り切ってしまう。松代に戻った時に、自分の家があまりにも荒れ果てていたので藩の御使者屋を借りて住んだ。かれはここから近くの鐘楼まで電線を張った。そして、日本で最初の電信実験を行なった。日本の電信は、ペリーが嘉永七年再度の訪日を行なったときに土産《みやげ》として持って来た。したがって、象山の実験はそれよりも五年も前のことになる。現在鐘楼前に、

「日本電信発祥之地」

の碑石が立てられている。

『増訂和蘭語彙』の出版の幕府による不許可も、おそらく藩内の反対派が幕府首脳部にいろいろと働き掛けたに違いない。藩庁は、待ってましたとばかりに象山に対し、

「先に貸与した千二百両を即刻返済するように」

と命じた。ところが、象山は幕府へ提出する原稿づくりにほとんど金を使い果たしていた。そこでかれは藩主の幸貫に直接陳情書を出した。それには、

・拝借した金子千二百両は、すでに辞書編集のために使い果たしました

・したがって、返済は致しかねます

・そこで、借用の際担保抵当として差し出した知行百石をお召し上げください

・当然、知行をお召し上げになれば、わたくしは藩籍を離れることになります

・そこで、藩籍を離れたうえは自由に砲術教授などで生計を立てるつもりでございます

・わたくしの砲術教授を諸侯（諸大名）がご注目になって、お招きがあった時は自由に応じられるよう、あらかじめお許しを願っておきます

　こんな内容だ。相当人を食った返事である。幸貫は苦笑したが、周りは黙っていなかった。幸貫から象山の陳情書を見せられると、藩内は憤激した。特に反対派は怒った。

「象山は慢心している。すでに狂の域に達している。今後は、かれが何をいおうと藩では絶対に取り上げる必要はない」

　という強硬論まで出て来た。こんな目に遭えば、普通の人間だったら落ち込んでしまうが、象山は決してそんなことはなかった。かれは、

「自分がどんなに批判の礫を投げられようとも、門人がいる。門人たちにそんなことを知らせてはならない」

　と、自分の立場と門人の教育とをはっきりけじめを付けていた。かれがこのころ門人たちにしきりに主張していたのが有名な、

「和魂洋芸」

　である。和魂というのは大和魂というよりも、「東洋の道徳」という意味で、これは儒教を指した。そして洋芸というのは、「西洋の科学技術」のことだ。したがって、西洋からすぐれた技術を導入するにしても、だからといって、東洋の精神を忘れ

てはならないということだ。そのため、砲術の学習を目指して入門した者たちにも、必ず儒学を教えた。つまり東洋の道徳を叩き込んだ。その上で砲術を教える。また、

「儒学を教えていただきたい」

と申し込む門人に対しても、

「儒学は教えるが、合わせて砲術も学びたまえ」

と「和魂洋芸」をミックスした教授方法を採った。さらに象山の教授方法は、机の前で本を読むだけではない実地検分を重視した。ある日門人たちを引き連れ鎌倉地方に出た。それは、

「日本の海防施設を見学しよう」

ということである。八王子・荒崎・城ヶ島・剣崎・大浦・千代崎・観音崎・猿島等を歩き回った。そしてここに設けられている各砲台を見た。象山は嘲笑した。

「こんな子供騙《だま》しの砲台では、到底異国を打ち払うことはできない」

そういった。つまり、砲台の設計からして、全く役立つものが一つもなかったからである。象山は、見聞の結果をもとにして、また藩主幸貫に対して長文の意見書を提出した。

「江戸湾内における防備力を強め、西洋流の有力な海軍を新設し、先進国の技術を採

り入れ、日本でも巨大な鋼鉄艦を造る必要がある」

という従来の主張の繰り返しだ。そして幸貫に、

「ぜひ、この意見書を幕府の要路にお取り次ぎいただきたい」

と願い出た。しかし藩主の幸貫は打てば響くような反応は示さなかった。逆に、

「おまえは、今周囲から猜疑《さいぎ》の眼で見られている。幕閣においても同じだ。したがって、この意見書は非常によい事が書いてあるが採用される見込みはほとんどない。逆に、これが不慮の災厄を招く原因にもなりかねない。暫くは、提出を見合わせた方がよい」

と諭した。象山は落胆した。象山は結論の出し方が早い。かれの思考方法は、

「二点間の最短距離は直線である」

という幾何学の定理をそのまま頭の中に据えていた。が、だからといって短兵急《たんぺいきゅう》であり、早呑み込みをするということではない。甲の道がだめなら乙の道をとる。しかし甲の道も乙の道もだめなら、丙の道をとる。つまり〝第三の道〟をとるというようなやり方をする。この場合もそうだった。たまたま嘉永五（一八五二）年に、昵懇《じっこん》の川路聖謨《としあきら》が大坂町奉行から幕府の勘定奉行に栄転した。当時の老中筆頭は阿部正弘であり、阿部は大変開明的な首脳だったから、おそらく川路の栄転も阿部の指示による

ものだろう。阿部の人事方針は面白い。ペリーが来航した時に阿部は「海防掛」というポストを設けた。この時、その仕事を縦横無尽に行なったのが「目付」である。そしてこの目付になった連中は、勘定方（財務担当者）が多い。阿部にすれば、

「外交担当者は、財政面にも明るくなければならない」

という考えがあったのだろうか。そうだとすれば、こういうやり方は現在でも役に立つ。象山は以前から、

「いずれ異国船が日本に来て、開国を迫るはずだ」

と予言していた。それが当たった。嘉永六年に実際にアメリカからペリーがやって来た。そこで勘定奉行兼海防掛に任命されたことによって川路の方から象山に接近して来た。

「あなたの予見が当たった。先見力に敬服する。現在、国防策を何かお持ちなら、阿部閣老に取り次ぐが」

と持ち掛けた。象山は悦《よろこ》んだ。そこで藩主の真田幸貫が提出を渋った自分の意見書を川路に見せた。しかしなぜか川路も、自分がいい出しておきながらすぐ阿部閣老に取り次ぐとはいわなかった。どこか逡巡《しゅんじゅん》の色がある。象山は敏感にそれを見抜いた。そこで、

「あなたに迷惑が掛かっては申し訳ない。わたしの名前で、阿部閣老に上書しよう」

といって、

「急務十条」

と題して、次のような意見書を提出した。

第一　堅艦を新造して水軍を調練すべき事
第二　防堵を城東に新設し、相房（相模安房）近海のものを改築すべき事
第三　気鋭・気強の者を募りて義会《ぎかい》を設くべき事
第四　慶安の兵制を釐革《りかく》すべき事
第五　砲政を定めて硝田《しょうでん》を開くべき事
第六　将材を選び警急に備うべき事
第七　短所を捨て長所を採り、名を捨て実を挙ぐべき事
第八　四時大砲を演習すべき事
第九　紀綱《つっし》を粛み士気を振起すべき事
第十　聯軍の法を以て列藩の水軍を団結すべき事

読んですぐ気がつくのは、象山の弟子であり妹を象山の妻に送った勝麟太郎（海舟）が阿部閣老に出した意見書と非常に似ていることだ。象山は単に、国防のためのハードな施設や大艦の建造を進言しただけではない。国内の組織改正や、武士の意識改革にも触れている。特に、

「人材登用」

は、勝海舟もしきりに力説した。また、第十の「列藩の水軍を団結すべき事」というのは、その後勝海舟が「一大海局をつくる必要がある」と、将軍に直訴して、兵庫（兵庫県）神戸に、幕府の海軍練習所をつくったことに及ぶ。海舟は、

「現在は、各大名家がばらばらに海軍を持っている。この相乗効果を図り、ひとつにまとめる必要がある」

そして、

「日本の海軍は、幕府の海軍として統合すべきこと」

と力説している。発想は象山の急務十条から得たものだろう。

しかし、「急務十条」は、幕府は採用しなかった。阿部の人事方針で、

「財務官僚を外交官に当てている」

と前に書いた。これはある意味で、

「国防力の増強も、現在の幕府の財政フレームを睨みながら勘案する」
ということだとすれば、象山が出した意見をそのまま実現するのには、莫大な費用を必要としてすぐ対応できない。そういう面があったのだろうか。だとすれば、勘定奉行（財務大臣）になった川路聖謨が躊躇するのも無理はない。

嘉永五（一八五二）年十二月に、象山は勝麟太郎の妹順子を妻にした。しかしこの半年前に、象山は、

「一生に一度」

といっていいような大不幸に見舞われた。それは、最大の庇護者だった藩主真田幸貫が逝去したことである。幸貫は天保十二（一八四一）年六月に、外様大名でありながら老中になり海防を担当した。天保十四年に、老中首座だった水野越前守忠邦が失脚すると同時に、その職を退いた。しかし松代藩にあっても相変わらず老中として展開していた海防策を、今度は藩単位で積極的に実現していた。老中当時に特に親しくしたのが、前水戸藩主徳川斉昭（その改革政策があまりにも過激だったので、幕府から叱責され、藩主の座を退いていた）であり、ほかにも肥前平戸藩主松浦《まつうら》静山《せいざん》、下野（栃木県）黒羽《くろばね》藩主大関増業《おおぜきますなり》などと親交を高めていた。徳川斉昭は、真田幸貫・松浦静山・大関増業の三人を、

「天下の三勇」

と呼んだ。同時に「三人の益友」といった。友人付き合いには「益友」と「損友」とがあって、益友は、

「自己向上のために役立つ友人」

だが、損友は、

「損があっても全く益のない友」

ということである。しかし保守的な幕府首脳部から見れば、これらの大名はすべて、

「開明的すぎて、しばしば非常識な行動に出る大名」

と思われていた。だから老中の座を去った後も真田幸貫が依然として、海防策に熱中しているのを眉を顰《ひそ》めて見守っていた。中には、

「真田は幕府に弓を引く気か」

と疑う者もいた。というのは、真田幸貫が実父松平定信の影響を受けて、

「尊皇愛国」

の思想を強く持っていたからである。幕末になるとこの思想はいよいよ広がり、

「尊皇攘夷」

という思想に凝結される。幸貫は父から徹底的に「天皇を尊崇せよ」といわれていたから、それをモットーにしていた。これが公になれば、幕府首脳部も、

「真田家は、徳川家よりも天皇家を尊んでいる」

ということになり、そのことは取りも直さず、

「危険な思想を持つ大名」

ということになる。こういう幕府の危惧は江戸藩邸にいる松代藩重役からしばしばもたらされた。国元の重役たちは心配した。こういう空気を察知したのだろう、松代城内に次第に自分の信頼感のおける武士が少なくなったのを知って、嘉永五（一八五二）年五月六日に、幸貫はついに孫の幸教に家督を譲った。そして、一切の職から退き隠居して遂翁《すいおう》と号した。しかし現在でも同じだが、張り詰めた気持ちで目前の仕事に全生命を燃焼している人が、突然その目標から遠ざかった時には、体力と気力が一挙に衰える。いや、気力が目標喪失によって衰えたから、それが肉体に響くのだろうが、幸貫も同じだった。約一ヵ月後の六月八日に逝去した。六十二歳である。法号は「感応院殿至貫一誠大居士」という。この報を聞いて、象山は髪を掻きむしらんばかりに悲しんだ。

「天はわれを見放せり」

と、大袈裟でなく呻いた。他からの批判の多い象山を最後まで庇い、象山に投げられる礫を身を以って受け止めてくれたのが幸貫だった。象山は、幸貫を単なる主人だとは思っていない。人に語ったように、

「わが尊敬すべき師だ」

と公言し、事実幸貫には師事していた。象山は故幸貫のために、墓誌銘を書いた。漢文で長文なので、ここでは略するが、

「故侍従真田公墓誌銘　臣佐久間啓謹撰幷書」

として、

「稀に見る名文」

といわれた哀惜の文章を綴っている。幸貫が死ぬ二年前に、家老恩田頼母に、

「自分が死んだら、真田家中興の故を以て感応明神として祀《まつ》れ」

と命じていたという。その理由は、

「自分の血統の祖である家康公は、東照大権現であり、また父の松平定信も守国大明神として祀られているため」

と告げた。このことが藩首脳部で議題に供せられると、猛然と反対の声が上がった。先頭に立ったのが成沢勘左衛門である。かれは前々から、幸貫を、

「金食い虫的事業ばかり展開して、藩の財政を全く考えない暗君」

と思っていたので、この時も、恩田木工の堅実な改革を支持した藩主真田幸弘を例に挙げて、

「神として祀るのなら、幸弘公こそ相応《ふさわ》しい」

と猛反対した。これが、今まで燻《くすぶ》っていた、

「反幸貫派」

の台頭を促し、その行動がやがては象山の身にも及んで来る。

幸貫死後に松代城で政変が起こった。人事が一新された。親幸貫派の家老恩田頼母や郡奉行山寺常山たちが退けられた。そして反対派の真田桜山や長谷川昭道が藩政執行の権限を握った。運営方針もたちまち百八十度転換し、

「新規事業は一切停止し、厳しい倹約を旨とする」

ということになった。江戸にいた象山には、

「対外活動を一切止め、至急松代に戻れ」

という指示が飛んだ。しかし象山はこれに従わなかった。それどころではない大問

題が起こったからである。いうまでもなく嘉永六（一八五三）年六月三日の、

「ペリー来航」

である。

「泰平のねむりをさますじょうきせん　たった四はいで夜も寝られず」

という大騒ぎになった。幕府は、至急対応策を考えたが、その中に、

「国土防衛のために、外国から至急軍艦や大砲を購入する」

という策があることを象山は聞いた。こういう象山の情報収集のネットワークは、普段から、かなり確実に構築されていた。つまり、開明派の人間関係が行き届いているので、かなり精度の高い正確な情報をたちまちキャッチする。象山は怒った。

「前々からわたしがいっていたことを、すべて取り上げもしないで、実際に外国が日本に迫ると、泥縄式に対策に狂奔する」

と嘲笑《あざわら》った。この時象山は、どこまで本気で考えたのか、あるいは一種のアイロニーとしていったのか知れないが、

「風船をつくって爆弾を吊し、地球の回転を利用してメリケン（アメリカ）の首都ワシントンに投下すればよいではないか」

などといっている。笑う者もいたが、笑わない者もいた。幕府首脳部は、象山の性

格を知っていたので、

「われわれをばかにしている」

と怒った。しかし幕府は、すぐ長州藩毛利家や肥後熊本藩細川家など十藩に命じて、沿岸の警備を強固にした。象山は疾風迅雷のごとき行動を起こした。松代藩の江戸藩邸に駆け付けると、江戸家老の望月主水に、

「浦賀に行って、実態を見極めた上で、対策をすぐ具申いたします」

と告げ浦賀へ走った。これが六月四日のことだから、単に周章狼狽《しゅうしょうろうばい》する幕府の醜《しゅう》態《たい》を嘲笑っていただけではない。翌日かれは浦賀へ走って、実際に四隻の黒船をその目にした。戻るとすぐ、

「急遽、御殿山を防衛すべきであり、その任には松代藩真田家を当てるべきです」

と上申した。藩主真田幸教も、

「妙案である。祖父の志を継いで、国家に役立ちたい」

と大いに張り切った。そこで、象山はすぐ藩の使者として江戸留守居役津田転《つだうたた》と共に、老中阿部正弘のところに駆け付けた。そして、翌朝正式に藩主真田幸教の名によって、御殿山警衛を建白した。老中首座の阿部正弘は、かねてから象山の意見書を読んでいたので、その見識には感嘆していた。

「願いの趣は、必ずかなえるであろう」
と内意を与えた。象山はすぐ江戸の重職陣に、松代から至急増援の藩兵を送るよう
に要請させた。ところが松代側では激昂した。
「狂った佐久間が、また奇矯な策を進言し、何も知らぬ江戸の主君を惑わしている。
けしからん」
ということだ。家老鎌原伊野右衛門《かんばらいのえもん》と郡奉行になっていた長谷川昭道が、急遽江戸
へ飛び出して来た。そして、幸教に、
「目下真田家の財政状況はかくのごときでございます」
と、資金欠乏を告げ、絶対反対の意思を示した。しかも幕府に提出してあった藩主
名の建白書も取り返した。さらに、幸教が命じた象山の軍議役も免じた。それだけで
はない。鎌原と長谷川は、
「かねてからおまえには帰国を命じてある。これに背き、勝手な振る舞いに出るとは
何事か。追って沙汰をするから、至急国に戻れ」
と厳命した。象山は抵抗した。
「この危急の際に、何というばかなことをいわれるのか。すぐ、藩公にお目にかかり
たい。是非は藩公にお決めいただく」

といい募ったが、面会は許可されなかった。幸教の前面には、保守派が厚い壁となって立ちはだかっていたからである。しかしこの時は、象山のいう、

「日本国意識に目覚めた人々」

によって救われた。老中首座の阿部正弘はじめ、かれが任命した海防掛の面々は、川路聖謨をはじめほとんどが象山の先見性のある見識に感動していた。阿部も川路も、

「あの時、佐久間先生の意見を実行しておけば、これほど周章狼狽することはなかった」

と反省していた。しかし真っ向から真田家と対立するわけにはいかない。そこで、

「佐久間象山の江戸における西洋砲術の教授は、もっとも時宜に適している。国防上欠くことのできない快挙である。余人を以て代え難い事業であるので、是非江戸滞留を認めたい」

と真田家に告げた。藩主幸教は、その時の状況や象山の性格をよく知っていたので、

「幕府の指示に従う」

と断を下した。結局、松代から急遽上京して来た保守派の立場が悪くなった。幕府

内が、上下をあげて象山に敬意を表し同情的だったからである。そうなるとまた政変が起こる。つまり、

「幕府の意思や日本の状況をきちんと踏まえず、私怨をもって佐久間象山を貶《おとし》めようとした不届きな輩《やから》」

ということで、その年の暮れには真田桜山・鎌原伊野右衛門・長谷川昭道たちはいずれも御役御免になってしまった。追放されていた恩田頼母や赤沢助之進が復権し、山寺常山は軍議役、佐久間象山は藩校の督学に任ぜられた。しかしこの程度の人事で、反幸貫・象山派が息を潜めたわけではない。

「どうせすぐまた元に戻る」

と意気高らかだった。特に長谷川昭道は、

「佐久間の尊敬した幸貫様は、老中松平定信様のご実子で勤皇思想が強い方だ。その志を継ぐのなら、もっと天皇を尊び、朝廷に忠誠を尽くさなければいけないはずだ。にもかかわらず、いま佐久間が行なっていることは、すべて親幕的な行為だ。これは、明らかに攘夷をお唱えになっておられる至上（天皇）や朝廷のご意思に反することではないのか」

と、正しい尊皇思想のあり方を強調した。長谷川昭道はこの路線を辿って生きて行

く。単に、

「佐久間象山が憎い」

という私的な感情で行動していたわけではない。思想があった。

しかし佐久間象山の方も、藩内の路線別争いに参加しているわけにはいかなかった。翌嘉永七（一八五四）年の一月に、

「もう一度返事を貰いにやって来る」

という台詞《せりふ》を残して一旦アメリカに去ったペリーが、今度は七隻の艦船を率いて再び来日した。つまり、前年幕府に提出したフィルモア大統領の要望に、どういう答を出すのかと返事を聞きに来たのである。この対応を、どこの地域で行なうべきかということについて、象山は前々から、

「横浜村が相応しい」

と告げていた。当時の横浜村は漁村だ。しかし、日本側からすれば非常に監視の目が行き届き、また国土防衛の戦略的な意味でも都合がよかった。幕府は横浜に接待所を設けた。そして、松代藩真田家と小倉藩小笠原家に、警備を命じた。が、これは最初に書いたように、

「日本人側を守るための警備」

ではない。

「日本人がアメリカ人に乱暴をするのを鎮める」

という役割を負っていた。象山は憤激した。

「目的が逆だ」

と息巻いた。真田家は江戸家老望月主水を警備総督に、そして佐久間象山を軍議役に任じた。この時の松代藩の軍勢は、西洋新式の武器を携えていた。が、反対に小倉藩小笠原家の方は、依然として旧式極まる日本製の火縄銃を持っていた。世間は、

「小倉より用いて強き真田打ち」

とからかった。この時の象山の威風が立派で、辺りを払っていたので、上陸したペリーが立ち止まり、静かに象山に向かって一礼した話は前に書いた。この頃が、おそらく象山にとって得意の絶頂期だったろう。その得意な時期が、まさに一陣の烈風によって吹き払われる。かれの門人吉田寅次郎が、

「下田密航事件」

を起こすからである。しかしこれは象山にとっても無縁ではない。つまり、

「門人の吉田が勝手にやったことだ」

とはいえない事情があった。

佐久間象山の、

「自分自身の支え方」

は、文字通り「知力」に因っている。かれも人間だから、決して感情が湧かないことはない。面白くないこともある。特にかれにたいする松代藩保守層の批判や足の引っ張りは、常に身に感じていた。その度に象山は、

「燕雀《えんじやく》なんぞ鴻鵠《こうこく》の志を知らんや（雀や燕のような小さな鳥に、鴻鵠のような大きな鳥の気持ちが分かってたまるか）」

と嘯《うそぶ》いて来た。しかしだからといって、そんな嘯きによって湧いた不快な感情が消え去るわけではない。これには人間としての人為的な処理が必要だ。それを象山は、

「理念の追求」

によって行なって来た。つまりかれは、

「高い志を自分の意思としてこれを保持し、継続することがくだらない感情を征圧できるのだ」

と考えてきた。

日本のナポレオンになろう

そんなあるとき、江戸で象山の勧めによってフランス語の勉強をしている藩医村上英俊が、こんなことをいった。

「最近、フランスの皇帝ナポレオンの伝記を読んでいるのですが、ちょっと佐久間先生に似たところがありますね」

象山は村上を見返した。

「ナポレオンのどこにわたしが似ているのだ？」

「高い志を持って、俗世間から超越しているところがですよ。ナポレオンは、世界制覇を目指しましたが、しかしその立場が常に不安定でした。俗なたとえをすれば、フランスとイギリスの間にドーバー海峡という海がありますが、ナポレオンは高い竹馬に乗って、一方の足をフランスに、一方の足をイギリスに置いているようなものです。下を見たら恐ろしくて、たちまち怯《ひる》んでしまうでしょう。が、ナポレオンは決して下を見ませんでした。常に天を仰いでいて、自分の足をしっかり支えていたのです」

「ほう」

村上のナポレオンの話は象山の大いに気に入るところとなった。象山は気分が落ち込むようなことに出会う度に、村上の話を思い出した。そして、

（おれは海峡の両岸に竹馬の足で立っているナポレオンだ）

と思うことにした。そう思うと不思議なことに、凄い活力が体内から湧いて来る。かれはこのやり方が気に入った。今までは、俗人がくだらないことをいう度に、

「燕雀なんぞ鴻鵠の志を知らんや」

と、中国の『史記』にある言葉を呟《つぶや》いてきた。しかしこの頃では、自分の気分を滅《め》入《い》らせるようなことが起こる度に、

「おれはナポレオンだ」

と呟くことにしている。横浜の応接所で、通り掛かったアメリカのペリー提督が、思わず立ち止まって、象山にお辞儀をしたのも、象山の威容に圧倒されたからにほかならない。そして象山はその時も、

「メリケン（アメリカ）に負けてたまるか。おれは日本のナポレオンだ」

という強い意識を持っていたのである。その精神の強靱《きょうじん》さが態度に現れたに違いな

い。それが一つの雰囲気になった。気（オーラ）となって周囲に発散した。さすがのペリーも、象山の気には胸に大きな衝撃を受けたのだ。

したがって象山は、

「自己の肉体や感情を制御するのは、気力だ、知力だ」

と思っている。次々と襲う松代藩保守派の足の引っ張りにも、その度に象山は、

「ナポレオンだったらどう対応するだろうか」

と考えた。そして、

「おそらく歯牙にもかけまい」

とせせら笑う。だから象山自身も、常に目を高く天に向け、足元のことには極力視線を向けずに同時に気にすまいと努めて生きていた。さらに、挫折をしたり失敗することがあっても、

「なぜ起こったなどと原因探求や、犯人捜しに夢中になっても意味はない。この事実を足場にして、この先どう進むかを考えよう」

と前向きな姿勢をとってきた。だから、門人たちにも、

「目を高くあげよ」

と教えた。しかしだからといって、視線を高い所に据えっ放しで、足元を見なくて

もよいということではない。

「たとえ足元を見るにしても、自分の力を削《そ》ぐような向け方をするな」

と告げた。

「たとえ失敗や挫折をしても、次の目標に向かってしっかりと歩んで行け。が、足は道を歩くのだから、自分の置かれた状況や足元がどうであるかはしっかりと見据えろ。そのとき、多少歩行を妨げるような小石が邪魔をしたとしても、そんなものは蹴飛ばして行け」

ということだ。門人の中でも、長州藩から来た吉田寅次郎は、まさにこの、

「常に高い所に視線を置き、足元の小さな小石はすべて蹴散らして行く」

という行動人である。象山の知る限り、

「吉田寅次郎ほど、日本各地を歩き回った青年はいない」

と思える。吉田はいつも、

「飛耳長目《ひじちようもく》」

という言葉を大切にしていた。今でいえば、

「何でも聞いてやろう、見てやろう」

という果敢なジャーナリズム精神だ。単なる好奇心とは違う。聞いたこと、見たこ

との底に、

「どこに問題があるのか」

と根底まで掘り下げる考え方だ。象山は、

「吉田寅次郎こそ、わが志を理解し、継承する人物だ」

と大いに期待していた。その吉田寅次郎がある日突然、

「メリケン船に乗り込んで彼地へ密航し、実態をこの目でしっかりと見てきたいと思いますが」

と持ち掛けた。象山は腹の底に疼《うず》くような喜びを感じた。それこそまさに自分のやりたかったことだ。しかし今の立場では到底無理だ。そこで吉田に、

「吉田君、征《い》きたまえ、その志や大いによし」

と励ました。吉田寅次郎が、米艦への密航を企てたのはこれがはじめてではない。前回ペリーがやって来た嘉永六（一八五三）年の夏にも、吉田はこの企てを持ち、浦賀に急いだ。この時吉田寅次郎は、浦賀へ行く旅の途中から、

「いま、わたくしの心はまさに飛ぶがごとくです」

という手紙を寄越した。しかし吉田が浦賀に着いた時は、ペリーはすでに港から去っていた。つまり、

「明年、回答を求めに再訪日する」

といい残して艦隊を率い、湾の彼方で石炭の煙を上げていた。吉田は落胆した。しかしその直後に、

「ロシア艦が、長崎港に入った」

という話を聞いた。その頃のロシアは非常に騎士道を重んじ、幕府側が、

「外国使節との応接はすべて長崎奉行が長崎港において行なう」

という幕法を示すと、これに従った。プチャーチンという提督は、ゴンチャロフ（のち大作家）という秘書を連れて長崎港に船を乗り入れた。この話を聞いた吉田寅次郎は、今度は長崎へ走った。しかしかれが着いた時は、ロシア艦も去った後だった。したがって再来したペリーの艦に接近したいという今度の企ては、吉田にすれば三度目である。長崎港のロシア艦を追って旅立つ吉田に、象山は、

「壮行を讃《たた》える詩」

を贈った。吉田は今もその詩を大切に持っている。師の励ましに吉田はその詩を出して見せた。

「これがわたくしの支えです」

とにっこり笑った。汚れのない瞳に笑みの色を濃くする門人吉田に、象山は胸を熱

くした。

「佐久間門下の二虎」

といわれるように、象山の門人にはもうひとり「虎」という字を名に含む人物がいた。長岡藩牧野家の家臣小林虎三郎である。再来したペリーに対し、幕府は嘉永七(一八五四)年二月十九日に、米国と結ぶ「和親条約」案を内定した。その中に、

「開港する港は、下田と箱館とする」

ということが含まれていた。これを知った象山は、激昂した。

「幕府首脳部は一体何を考えているのか」

と息巻いた。象山にすれば、

・下田港は、欧州航路における喜望峰と同じ地域だ

・事ある時に、日本側からすれば守るに易く、敵側にすれば攻めるに難い天険の要害である

・この天険の要害を開港するとは何ごとか

・日本の防衛を考えれば、開港地が日本側から監視がよく行き届き、胡乱《うろん》なことをすればすぐ目に立つようなところでなければならない

・横浜村は江戸に近いからだめだという意見があるが反対だ。江戸に近いからこそ敵も迂闊《うかつ》な事はしない。同時に、こちら側も十二分に監視できる

そういう理由で、

「下田開港は絶対に反対で、横浜にすべきである」

という意見を藩主の真田幸教に提出した。しかし幸教はためらった。近頃とみに、松代藩内における反佐久間感情が高まっていたので、幸教にすれば、

「こんなことをいっても、また藩内に混乱を起こすだけだ」

と躊躇した。象山は、幸教の反応を見て、

（これはだめだ。殿は躊躇しておられる）

と判断した。そこで門人の小林虎三郎を呼び、

「おまえの主人である長岡藩主牧野《まきの》忠雅《ただまさ》様は、目下御老中の職にある。この意見書を牧野様と阿部閣老に渡してもらいたい」

と頼んだ。尊敬する師のいう事なので、小林はすぐ行動に移った。ところが牧野は、象山の意見書を見て渋面になった。そして、

「これは私の手元におく。阿部閣老にはとても取り次げない」

と拒んだ。それだけではなく、小林を下がらせた後、牧野は江戸家老を呼んでこういった。

「小林は、単に西洋砲術を学習しているだけではない。師の佐久間象山の危険な思想に汚染されている。至急国元に戻すように」

家老は承知した。家老もまた、小林虎三郎が象山の門に出入りして、近頃の言動が次第に過激化している事を知っていたからだ。象山はさらに、水戸の藤田東湖にも頼み、

「御主人の斉昭公を通じ、幕府首脳部に下田開港は不可、横浜こそ相応しいと説得方をお願いしたい」

と告げた。しかし水戸の徳川斉昭はもともと攘夷論者だ。しかも藤田東湖の書いたいろいろな書物によって、日本中の若い攘夷論者たちは藤田の著作をひとつのバイブルにしていた。特に『正気歌《せいきのうた》』や『常陸帯』などは、日本の過激青年の血を湧かしていた。

「貴様、正気歌を読んだか」

「読んだ。いまは常陸帯を熟読している」

というのは、当時の国を憂える青年たちの合い言葉だった。したがって、幕府から

みれば、

「水戸徳川家は、攘夷の総本山だ。危険だ」

という印象を強めていた。そのために、その水戸徳川家に親しく接近する佐久間象山もまた、危険人物視されていたのである。おそらく藩主真田幸教の危惧はその辺にあったのだろう。もうひとつ下種《げす》の勘繰り的な見方をすれば、佐久間象山がこの時下田開港にこれ程強く反対したのは、

「下田港こそ開港するのに最も相応しい港です」

と幕府に意見具申したのが、江川太郎左衛門だったからである。象山は江川に好感を持ってはいない。せっかく西洋砲術を習いに行っても、その秘技は教えず、逆に体力増進のために近くの山野ばかり歩かせられた苦い思い出がある。したがって象山は、

「江川殿は、西洋砲術を教えるほどの開明的な人物ではない。むしろ、自分の知識を秘匿する器量の小さな人物だ」

とみていた。その江川が告げた意見が通って、幕府は下田開港を内定したというから、象山にすれば二重の意味で腹が立った。しかし幕府首脳部にも、人物はいた。以前から象山の意見に注目し、横浜開港に賛同する武士もいた。海防掛目付の岩瀬《いわせ》忠震《ただなり》

はその一人である。安政六（一八五九）年に、岩瀬の決断によって横浜は開港される。横浜市ではこれを、

「佐久間象山先生の先見力による」

として、現在の横浜の繁栄の基礎は象山の横浜開港説にあるとした。その徳を讃える碑が、市内野毛山《のげやま》に建てられている。嘉永七（一八五四）年三月三日に「日米和親条約」が締結された。ペリーは大得意で、それまで停泊していた品川沖から開港された下田港へ船を移動させた。門人の吉田寅次郎の、米艦に乗り込んでアメリカへ密航したいという企てに賛同した象山は、ただ熱にかられて闇雲に門人を煽《あお》ったのではない。きちんと、この企てが発覚した時の弁明を用意していた。それは、土佐の漁民中浜万次郎が、漁に出て漂流し、アメリカの捕鯨船に救われて本土へ渡った。そして万次郎を愛する捕鯨船の船長が施したアメリカ的教育を身に付けて日本に戻って来た。

鎖国令を厳密に適用すれば、

「たとえ自分の意思に反して他国に漂流したとしても、その者の帰国は許さない」

という規定がある。まだそれが有効だったから、本来なら万次郎が日本に戻ることはできない。しかし非公式な外国船との接触はしきりに行なわれていたころなので、その幕法もかなり緩やかになっていた。アメリカの捕鯨船に送られて日本に戻った万

次郎は、まず薩摩に上陸した。これを知った開明的な藩主島津斉彬は、万次郎を側に呼んで詳しくアメリカ事情を話させた。やがて万次郎は故国の土佐に戻り、藩主山内《やまのうち》豊信《とよしげ》（容堂《ようどう》）の計らいで、高知に住む開明的な画家河田小竜《かわだしょうりょう》に預けられた。小竜もむさぼるように万次郎からアメリカ事情を聞いた。そして、この河田小竜のところにしばしば遊びに来ていたのが城下の商人郷士の倅《せがれ》坂本竜馬である。河田は、

「万次郎の話は大変参考になる。これからの日本も、国を開いて大いに外国と交流すべきだ。それには、いまの若者に国際意識を植え付ける教育が必要だ。同時に、大船を造って、どんどん外国へ貿易に出掛けることも大事だ。坂本君、君は船を操って、外国に行く仕事をやりたまえ。わたしは、そういう新しい日本人を教育しよう」

と告げた。これが、坂本竜馬が後に海援隊《かいえんたい》をつくって、海外へ雄飛しようという志を持つきっかけになった。

ジョンというアメリカ名を持つ中浜万次郎は、やがて幕府にその存在を知られ、老中首座阿部正弘に招かれて、蕃書調所の役人になる。このころは、日本の国際語はほとんどがオランダ語で、英語がすらすら読めたり話せる者が少なかった。その意味で万次郎は貴重な存在になった。佐久間象山はこのことを知っていた。だから吉田寅次郎に、

「もしも問題が起こった時は、中浜万次郎の例をあげて、君の密航も〝漂流〟ということにしよう。幕府も文句はいえまい」

と教えた。

「密航は漂流ということにすればよい」

といわれ、門人吉田寅次郎は感動した。同時に勇気と自信を持った。かれは同じ長州藩の同志金子重輔《かねこじゅうすけ》と共に、この壮挙に旅立つ。が、失敗する。その経緯は、すでに、よく知られているので割愛する。

事実、ペリーは吉田・金子の米艦接触を通訳から聞いて知った。しかし、当時の事情から考えて、密航者をアメリカに連れて行くわけにはいかない。

「日本とアメリカとは今後友好関係を深める。市民同士の交流も盛んになる。そういう機運が熟した時に、アメリカを訪ねて来たまえ。歓待する」

と通訳を通じペリーは伝えた。吉田と金子は落胆した。アメリカのボートによって岸に送り届けられた二人は、そのまま下田奉行所に自首して出た。この時すでに、岸辺に置いてきた荷物を没収されていた。その中に佐久間象山が書いた、

「壮行を讃える詩」

があった。下田奉行所の役人たちは目を見張った。つまり吉田・金子の密航の裏

に、佐久間象山がいたことを発見したからである。

　この時下田奉行所で取り締まりに当たったのは、黒川嘉兵衛という役人であった。江戸幕府の最後の将軍徳川慶喜には、一橋時代からブレーンがいた。藤田東湖の縁者原市之進や幕臣平岡円四郎、そして黒川嘉兵衛である。原と平岡は暗殺された。しかし黒川は最後まで生き残り、伝えによれば京都で悠々自適の暮らしを送ったという。そんな人物だったから、黒川は吉田・金子の密航計画を、大いに多とした。幕府の調べを待つために、二人を江戸の牢に送ったが、その時、

「二人の志は高い、動機は私的なものではなく、日本国のためをはかってのことだ。寛典に処してほしい」

と意見書を添えている。しかし、証拠品の一つとして、象山の「壮行を讃える詩」があったために、象山は逮捕された。つまり、

「門人を密航させた使嗾《しそう》者」

とみなされたのである。象山の取り調べに当たったのが、江戸町奉行井戸対馬守覚《さと》弘《ひろ》であった。おそらく松代藩真田家の保守層から手が回っていたのだろう、江戸町奉行の象山に対する調べは、峻烈《しゅんれつ》を極めた。

門人松陰の密航に連座する

佐久間象山を調べた江戸町奉行の井戸覚弘は、いつ生まれたのか分からない。弘化二（一八四五）年に目付から長崎奉行になった。その翌年に、琉球に通商を求めて拒絶されたフランスのセシュ提督が、艦隊を率いて長崎港にやって来た。この時井戸は見事に対応した。さらに嘉永二（一八四九）年には、アメリカの漂流民を、やはり長崎港にやってきたアメリカ艦プレブルに引き渡した。この時の外交技術の見事さを見ていたのが、開明的な老中阿部正弘だった。そこで阿部はすぐ井戸を江戸町奉行に抜擢した。しかし阿部政権下における奉行とか目付の職務は、必ずしも今までのような内容ではなかった。職名はむしろ口実であって、実際にやらせられる仕事は、

「外交関係」

が多い。この頃の海防掛は外務省の前身だが、幕府内のエリートを一堂に集めていた。だから当時の幕府で、

「海防掛に任務を命ぜられた」

ということは、そのまま、

「老中首座阿部様のお眼鏡にかなって、一挙に抜擢人事が行なわれた」

と周囲から羨《うらや》ましがられた。嘉永七（一八五四）年一月十六日に再来日したペリーは、二月十日から日本側の代表と条約案の交渉に入った。この時、

・漂流民の保護

・不足する薪水《しんすい》食糧等の給与は承認

・しかし、通商はできない

という条約案の骨子をまとめたのが、井戸覚弘と岩瀬忠震だった。ペリーは、井戸・岩瀬コンビの明敏な頭脳と、はっきりしたもののいい方に感嘆した。条約案はこの線でまとめられた。井戸は非常に豪放闊達な性格で、仲間から、

「あいつは仁侠の徒だ」

といわれていた。やくざの親分でも通用するような性格だったらしい。したがって、佐久間象山にも、

「率直な反省」

を求めた。それは、すでに下田奉行の役人黒川嘉兵衛の報告によって、

「密航を企て失敗した吉田寅次郎・金子重輔の両人は、非常に誠実で率直に罪を認めた。たとえ、国禁に触れたとはいえ、その国を思う心情は大いに評価すべきだ」

と書かれてある。はっきりいえば吉田寅次郎は、何の弁解もせずに、

「国法を破り、誠に申し訳ございません。どんな罪にも服します」

と率直に自分の非を認めた。その素直な態度に黒川嘉兵衛は感動したのである。

そんなことを知っているから、井戸覚弘は取り調べの相手である佐久間象山の態度が気に食わない。全体に、

「おれが、おれが」

という色が見え、しかも、

「自分は絶対に悪くない」

と主張する。小憎らしい。そこで井戸もカチンと来て、象山への取り調べはいよいよ厳しくなった。井戸に対する佐久間象山の反論は、次のような要旨だ。

「現在、幕府鎖国の法は最早死法であります。にも拘らずこれを守り続けるというのは、いかにも愚かなことです。現に米艦は国法を犯して江戸湾に侵入し、内海を測量し、しかも兵員を上陸させて、武力で恫喝した結果、日本の要害の地を開港させてし

まいました。それなのに、彼の国の力を探り国情を実際に調べて、祖国のために尽くそうという忠良の士を捕縛して入獄させたのは、あたかも盗賊を防ごうともせず、手足を縛っておいて賊のなすがままに任せたも同様です。人間にたとえるならば、こちらの隠し所まで外国人に見透かされておりながら、なおかつ今までの死法を守って、こちら側は一向に外国の調書を採るべき手段も考えず、海外の形勢や事情などを探ろうともしないのは、何という腑甲斐《ふがい》のないことでしょうか。世が世であれば、吉田寅次郎たちの行動は、却《かえ》って奇特として、その頼もしい志を褒めたたえなければならないはずではありませんか」

何度も書くようだが、日本人の性癖には、

「何をいっているかではなく、だれがいっているかだ」

というのがある。井戸にもそれがあった。だから同じことをいっても、目の前の象山がまるでこっちを門人か何かのように扱って、師が説いて聴かせるような態度をとっていることに腹が立った。しかし井戸も、今まで外交関係で実績を上げて老中阿部正弘に抜擢されたくらいだから、象山のいっていることは分かる。

「が、たとえいっている内容が正しくても、いい手が気に食わない」

という感情面が先に立った。井戸はいい返した。

「佐久間、おぬしが十年来日本のために外交を憂えていることはよく知っている。しかしその結果門人の吉田たちを使嗾《しそう》して今度の事件を引き起こしたことは明らかだ。たとえその志はあるいは嘉《よみ》すべきものがあるかも知れないが、しかし国禁を犯した重い罪は断じて許すことはできない」

といい返した。これを聞くと象山は待ってましたとばかり、またいい返した。この時の象山は、別に自分の無実を表明して罪から逃れようなどという気は全くない。むしろ、

「門人吉田寅次郎を庇《かば》う論理を堂々と述べることによって、徳川幕府の不明を突き崩そう」

と思っていた。だから今までの経験から生まれた、

「積極開国論と、外国との交流」

を前提とする論を展開しようと意気込んだ。つまり、吉田寅次郎の弁護というよりは、

「佐久間象山の見識と幕府の不明を正す」

という論陣を張った。象山は姿勢を改めるとこういった。

「私が門人の吉田等を使嗾して国禁を犯したという仰せは実に心外千万です。たとえ

ば、漁に船で出てある時は風に吹かれ、ある時は潮に流されこの国を離れ彼地に至るのは、自然の力のなす技で、人力ではどうにもなりません。今までは、どこの国へ漂流しても国法によって終身禁固に処せられましたが、しかし昨年帰国した土佐の漁民中浜万次郎に対しては、国禁を犯したお咎めがないばかりではなく、この度幕府の通詞として召し出されているではありませんか。これによれば、極端にいえば間諜の目的で外国に行く事も次第に官許する方針だと思われます。しかし幕府の首脳部の方々が国事多難のために、まだその運びに至らないと理解しております。ことに、昨年来の事件は神州三千年来の大変事でありますから、漂流という名をつければ、寛宥《かんゆう》の御沙汰があるかも知れないということは、たしかに私から吉田寅次郎たちに話して聞かせたことは相違ありません。しかしだからといって、国禁を犯そうなどというつもりは全くありませんでした」

聞いた井戸はいよいよ激昂した。それは象山が前にいった言葉の中にも、相当幕府の要人としてグサリと胸に突き立てられた感があったからである。象山の言葉の中にはかなり問題がある。たとえば、

・幕府の鎖国令はもはや死法である。したがってこれを守るのはいかにも愚かだ

・第一、江戸湾に侵入してきたアメリカは、国法を守らなかったではないか。強引に、湾内を測量したり兵士を上陸させたりしている。しかも最後までわが国を恫喝するような態度をとり続けた。これに屈して幕府はついに要害の地（下田）を開港してしまった

・にもかかわらず、その非を認めずに、憂国の志に燃える若き国士を、罪にするとは何ごとか

そんなことだ。井戸は、前にも書いたように、周りからは、

「豪放闊達の人物」

といわれ、豪傑視されていた。したがってものごとの処理には、かなり腹で勝負するという面がある。その意味では、象山のように口が達者で、あれこれといい募るタイプの人間は嫌いだ。第一、師にそそのかされた弟子の吉田寅次郎が、潔く罪に服しているのに、そそのかした師があゝだこうだといい募って、罪を認めないというのは全く男らしくない、卑怯者だと感じた。

しかし、この辺は象山と井戸との発想差がある。象山はもともと、

「一瞬一瞬に、全精力を投入する」

タイプの人間だ。だから、どんな局面に出遭っても、それを避けることなく真っ向から向き合って、

「生命の完全燃焼を図る」

という態度に終始する、つまり、

「生き方に手抜きをしない」

ということだ。それはしばしば、

「自分の身はどうなってもいい」

と、その瞬間に、自身を投げ出す気迫を持つ。熱の注ぎ方が異常なほど高い。つまり、象山にとっては、

「その時直面している問題がこの世のすべてだ」

という考え方がある。こういう考え方は、必ずしも常識的な生き方ではない。普通の人間なら、

「こんなことをすれば、こういう結果になるのではないか」

と、いわば損得計算を行なう。損だと思えば、たじろぎ、あるいはためらい、結果的には、

「こんなことはやらない方がいい」

と自己規制してしまう。象山は絶対にそんな生き方は選ばない。かれは逆に、「どんな小さなことにも、自分の全精力を傾け、エネルギーを注入して対処することが真の生き方だ」

と思っていた。その意味では、象山は本当に純粋な人間だ。しかし、幕府の中で数々の要職を渡り歩いてきた井戸にすれば、こういう象山の生き方は分からない。あるいは分かったとしても、

「愚かな生き方だ」

と思う。したがってこの時の象山の対応は、井戸にとって甚だしく不快なものに思えた。井戸はいった。

「佐久間、詭弁《きべん》はよせ。中浜万次郎の例を盾《たて》にとって国法が緩んだなどと抗弁するのは、全く上をないがしろにするものである。万次郎の件は、公方様（将軍）におそらく深いお考えがあってのことだろう。それを、いちいちわれわれ下の者があれこれと勘繰る必要はない。吉田寅次郎の行為を漂流と言い募るのは、国禁を犯したいい逃れにすぎない。いかに非常時だといって、国法を曲げるわけにはいかない」

と不快感と怒りとをはっきり表情に顕《あらわ》して、荒い言葉を叩きつけた。これは、今でいえば裁判官の心証を甚だしく悪くしてしまったのだから、当然下される判決も厳し

いものになる。井戸の上申によって、幕府首脳部は、

「終身禁固あるいは死罪」

を下そうとした。しかしこのことを漏れ聞いた川路聖謨が、驚いてすぐ老中の阿部正弘のところに行った。

「たとえ、佐久間が門人の吉田寅次郎をそそのかして国禁を犯させたにしても、その動機はあくまでも憂国の情にあります。私心は全くありません。むしろ、今のわが国にとって、佐久間・吉田師弟のような憂国の情が、最も必要ではないかと思われます。どうか、ご寛典に処していただきたい」

と嘆願した。阿部正弘も、佐久間象山の学識は評価している。ただかれも日本人の悪弊である、

「何をいったかではなく、だれがいったか」

に多少こだわる。同時にまた、当時打ち破ることができなかった「身分制」の意識もあった。だから象山が提出した「急務十条」を読んで、感動はしたが、心の一隅には、

「陪臣の身で老中に直接意見書を出すとは不埒だ」

という奢《おご》った気持がなかったとはいえない。阿部は開明的な大名だから、自分がそ

んなことをしたことに忸怩《じくじ》たる思いをしていた。つまり象山に対し、

「すまなかった」

という思いもある。そこで阿部は、川路の意見を認めた。井戸対馬守覚弘を呼んで、

「佐久間・吉田共に、在所表において蟄居を命ぜよ」

と指示した。これが九月十八日のことである。吉田寅次郎は、

「有り難き幸せ」

と素直に頭を下げて判決を受け止めた。ところが象山はこの時も問題を起こした。判決を告げたのは、北町奉行所の役人松浦安左衛門である。かれは、判決を伝える前に聴取書を読み上げた。この時「沿革」という字をハンカクと読んだ。たちまち象山が嚙みついた。

「伺いたい。只今貴殿は、ハンカクとおっしゃったがそれはどういう字を書くのか教えていただきたい」

松浦はかっとした。鬼のような表情になって象山を睨みつけた。かれも、井戸の取り調べにはずっと立ち会って来たから、象山に対する印象は全く悪い。怒鳴った。

「いま、判決の申し渡し中である。間で余計な口を利くな。いちいち文字のことにつ

いてとやかく議論している暇はない。黙って聞け。上を上と思わぬ不届き者めが」

実をいえば松浦も、ハンカクと読んでしまったあとでしまったと思っていた。そこを象山が間髪《かんはつ》入れずにグサリと突いたのだ。松浦は狼狽《ろうばい》し、逆に自分の非を反省せずに象山への八つ当たりとなって打ち返した。

このことも、象山に対する幕府の印象を悪くした。最後まで、

「門人の吉田寅次郎は素直で立派だった。あれこそ本当の国士だ。にも拘らず、吉田をそそのかした象山は師として資格に欠ける。最後まで自己弁明を貫く卑怯者である」

と印象づけられてしまった。

判決を下された日、象山と吉田寅次郎は言葉を交わさなかったという。互いに相手の顔を見て静かに目礼した。おそらく、両者とも、

(ここで迂闊なことをいえば、また罪が重くなる)

と判断したのだろうか。象山は、吉田に請われてかれが長崎のロシア艦を訪ねるべく旅立ったときに、送別の詩を送ったことを思い出した。そしてその詩を受け取った時の吉田の感動的な表情を頭の中で何度も彷彿《ほうふつ》とさせた。象山は一首歌を詠んだ。

かくとだに知らでやこぞのこのごろは
　　君を空ゆく田鶴《たず》にたとへし

（去年の今頃は、君を空を飛ぶ田の鶴にたとえたものだ。まさかこんなことになるとは思わなかった）

こうして東と西に分かれた師弟は、この日を最後に二度と会うことはなかった。佐久間象山に下された判決文は次の通りだ。

判決文

真田信濃守家来　佐久間修理

其方儀、和漢兵学、西洋学、砲術等を師範致し罷《まか》りあり、近年西洋の風教、国力等漸う盛大に相成り、しかのみならず、蒸気を以って走り来り候迅速の船出来の趣、先年書籍の上にて発明致し、自から西洋も隣り候道理にて、殊に異国船しばしば渡来致し候につき、万一本邦を覬覦《きゆ》致し近海へ軍艦を進め候儀もこれあるべくと業体へ対し実用の場合、専《もっぱ》ら御為めを存じ、海岸防禦は勿論必勝の籌策《ちゅうさく》を考え、日夜苦心、肺肝を摧《くだ》き候所、戦は彼を知り己を知れと申すうち当今の形勢は彼れを知るに止まり候儀と研究致し候折柄門人吉田寅次郎儀も、其方同様、海外策等の儀を平素痛心致し、外国へ渡る間諜、細作を用いたき旨議論致し、元来同志の申し分にて其の器に当り候えども、異国へ渡り候儀、重き御国禁につき官許はこれあるまじく、自然漂流の体に致し成し、手段を以って西洋へ渡り、事情を探索致し候わば帰国の功も相立つ旨申し聞け、其後同人儀九州筋遊歴として発足致し候由にて暇乞に罷り越し、右は渡洋の企てと同人胸中を察し、其の意を含み送別の詩作を送り、亜米利船、浦賀へ渡来致し、主人信濃守儀横浜表応接所警衛仰せつけられ候につき、其方儀も軍議役として出役致し候砌《みぎり》、猥《みだ》りに異船に寄るまじき旨、別段仰せ出だささるるも之れ有る所、水夫に紛れ異船へ近づくべしと吉村一郎へ相頼み、或は吉田寅次郎儀、重之助（金子重輔のこと）倶々《ともども》宿陣へ尋ね参り、異船へ乗りこむべしと通弁の為めに投じ候漢文の書翰草稿を差し出し候ところ添削致し遣わし、殊に寅次郎儀異船へ寄り候策を索《もと》め候節、是亦《これまた》吉村一郎への頼みの文通認《したた》め遣わし、終《つい》に寅次郎外一人儀下田表へ相廻り、同所に於て上陸の異人へ右書翰を投じ置き夜中ひそかに異船へ乗りこみ外国同伴相頼み候えども承引致さず差し戻され候次第に至り候段専ら御国の御為めを存量仕り成し候旨を申し立て候えども元来同志にて重き御国禁を犯し候段不届につき、真田信濃守家来へ引渡し、在所に於て蟄居申しつく。

嘉永七年九月十八日

この判決文を読むと、だれもが奇異な感に打たれるだろう。それは、判決文の十のうち九まではほとんどが象山の主張と、かれが行なって来たことを繰り返し述べているからだ。そして別に非難はしていない。むしろ、

「憂国の情にかられての数々の言行」

と賞賛している印象さえ受ける。判決文の中で、

「これが罪だ」

というのは、最後のところにある、

「元来同志にて重き御国禁を犯し候段不届につき」

というところだけだ。そして国禁を犯したのは象山ではない。吉田松陰だ。この判決文には別に、

「吉田をそそのかした」

とは書いていない。その代わり、

「元来同志にて」

という表現で、

「おまえも同じ危険思想を持っていたのだ」

という断定だけである。そう考えると、判決を下した江戸町奉行の井戸覚弘も大した人物だったという気がする。かれはすでに長崎奉行の時に対フランス、対アメリカと二つの難事件を見事に処理しているから、今でいえば〝グローバリズム〟をはっきり持っていた幕府役人だった。したがって象山と論戦をしていても、象山が何をいっているかは正確に理解していた。ただいい方が気に食わないし、いい手が気に食わない。これは何度も繰り返すが、

「いっていることは立派だが、いっている本人の人柄が気に食わない」

ということだ。しかしそういう私感情を抑えて、これだけ判決文に象山のやって来たことをきちんと受け止め、それなりの評価をしていることは立派だ。象山もおそらくこの判決文には大して異論を唱えなかったに違いない。ただ、

「しかし幕府は間違っている」

と思っていた。

過去をふりかえり未来を思う

象山の身柄引き取りには、松代藩江戸藩邸留守居役の津田転が出頭した。そして鍵の付いた駕籠に乗せてひとまず藩邸に戻って来た。七日間藩邸に監禁した後に、九月二十五日に松代護送の出発をした。象山の家族と山田兵衛が一人だけ付き添っての旅だった。ひそかに見送る門人たちは、その寂しさに思わず目頭をおさえたという。十二月三日に松代に着いた。甥の北山安世の家に滞留した。ところが、十二月四日に松代地方は強い地震に襲われた。浦町の実家も酷《ひど》い損害を受けた。象山に好意的で、ペリーが来た時に横浜応接所で警衛の総指揮を執った家老望月主水が、

「困るだろう。私の下屋敷が御安町にある。そこを使うといい」

といってくれた。象山は喜んで望月の下屋敷に移った。家老の屋敷だから敷地も広い。庭もしっかり造られている。そして何よりも、二階から見ると眺望がひどく美しい。そこで象山はこの家を、

「聚遠楼《しゅうえんろう》」

と名づけた。聚というのはあつめるということ、遠というのは遠方の光景というこ
とだろう。したがって、
「ここから見れば、付近の美しい光景が全部見られる」
という意味だろうか。松代では象山を嫌う人間ばかりではなかったので、彼を尊敬
する人や、親しみを持っている人々が次々と訪れて来た。藩庁の役人がたちまち目を
険しくした。しかしうっかり注意すれば、また象山にいい負かされるので、江戸の藩
邸にこのことを報告した。江戸の藩邸では、策を巡らし、
「幕府が心証を悪くしているので、猥《みだ》りに蟄居先に人を訪ねさせぬように」
というひねった注意の仕方をした。
「同じことでも、身近な人間がいうと効果がなく、第三者がいうと効果がある」
という風潮がある。これを利用したというより悪用した。幕府の耳にまで果たし
て、
「蟄居した象山の宅に、しきりに人が訪れている」
などということが届いていたかどうかはわからない。幕府が聞き込んだとしても今
更そんなことを問題にするはずもない。これは松代藩庁の役人と、江戸藩庁の役人と
が示し合わせて、

「幕府からの注意ということにしよう」

ということにしたのではなかろうか。藩庁はこの警告に従い、訪問者との面接を禁じ、入口には門番を置いた。象山は別に気にもしなかった。

「これで、読書に専念できる」

と喜んだ。そして、旧作の詩文を整理したり、たまに許可された訪問者と詩歌を唱和したりした。もちろん、オランダの新刊書や漢籍を改めて取り出して読み直したりもしていた。そしてここで大著、

『省諐録《せいけんろく》』

を書き綴る。書名の意味は、

「あやまちをかえりみる」

ということだ。

「なぜこの省諐録を書いたか」

という説明がしてあり、その後に得意な海防論を中心に、

「自分の意見の正しいこと・日本国にとって必要なこと」

などが連ねられている。すべてを紹介するわけにはいかないし、また本文中に結構この本の中から象山の考えとして引用した部分もあるので、言葉は悪いが〝さわり

集〟として順序不同に、それも現代語訳（それも意訳）したものを次に掲げさせていただく。

「嘉永七年の夏四月に、私は罪に問われて牢に入れられた。獄中には七ヵ月いた。その間に自分の過去を振り返って、いろいろ考えをまとめておきたいと思うことも少なくなかった。しかし牢内では、筆の使用を禁止されていたので、書き残すことができなかった。そのため時間の経つうちに、忘れてしまったこともある。出獄後、覚えていたことを書き止めて手箱に納めた。子孫に残すためである。世間に示そうというつもりは全くない」

次は海防についての意見。

「私は長いあいだ海防のことを研究してきた。そのため先輩たちよりすぐれた構想をもてたと思っている。が、そのため逆に罪人になってしまった。私の考えが常識を超えていたので、普通の人には理解されないためだ。しかしもし為政者たちが悟るときがくれば、私の意見は必ず実行されるはずだ」

「弓を射るのには、儀式で射るのと戦争で射るのとの区別がある。しかしはじめはもっぱら防禦のためのものだった。防禦は男子が社会へ出ていくにあたって、第一に重要なことだ。そのため、男の子が生まれると、まず桑の弓と蓬《よもぎ》の矢で天地四方を射て、その後にはじめて穀をとる儀式をする。これは防禦が第一に重要であることを示している。ところで鉄砲が使われるようになってからは、弓矢や槍などはその優位性を失ってしまった。だから今の世の男子は、鉄砲を知らないではすまされない。男の子が生まれたら、必ず桑の弓の代わりに大砲を上下四方に打ち、世の中に出て行くための決意を表す必要がある」

「海防については、外夷《がいい》にばかにされないようにすることが最も大事だ。ところが、今の日本の海岸の防衛体制は全く法にかなっておらず、並べてある銃器はみんな使い方を誤っている。さらに外夷に応接する役人も凡庸の人であって胸に一大決心を秘めていない。こんなありさまでは、必ず外夷に侮《あなど》りを受けまいとしても無理だ」

「敵国の侵略を受ける危険性がありながら、それに対する根本的対策が日本ではまだ決まっておらず、防禦態勢も出来上がっていない。場合によっては一戦まじえるという覚悟を持たないままに、引き延ばし作戦を続けていたのでは、敵を縛っておこうとしながら実は敵の手をほどいて自分が縛られる結果になる。また、敵の攻撃力を緩和するつもりで、実は敵の攻撃力に力を与え、味方の結束を緩める結果になる。たまたまこの期間に、落ち着いて国家体制を固め、防禦施設を整備しようと計画するものがいても、全体がそんな調子では単なるかざりものになるだけだ。すでに崩れかけている日本の国家体制は、ますますその度合いを強めていく。こういう事態になったとき、昔も今も同じように、当局者というのは絶対に深く反省せず、破滅の道をつき進む。なげかわしいかぎりだ」

「今日本の軍勢の指揮を執っているのは、地位とか家柄といった理由によってそのポストについているものが多い。普段は、酒を飲んだり遊んだりして、戦争の戦略や軍勢をどう動かすかなどということは全く知らない。こんな連中では国家が危機のときに、兵を率いて敵の攻撃を防ぐことなどできない。これが今の一番大きな問題だ。私は以前、こういう状況から脱するために、西洋の軍制の真似をして、今軍事職についているもの以外から忠勇剛毅で、一人でよく十人を相手にできるような人物を集めて義勇同志会のようなものをつくり、国家の安全と人民の保護をめざして活動することを考えた。この組織に入る時は、試験を行なって、艱難辛苦《かんなんしんく》に耐える人間だけに入隊を認める。軍略や統率の能力がある者を選んで長とし、緊急の際にはすぐ集合して政府の指揮下に入り活躍させようというのだ。こういう組織なら、外敵を打ち払うことはいま軍事を専門としている連中よりも、大きな功績をあげると考えてもいいのではないか」

「戦争に勝とうと思うなら、守備が固くなければだめだ。守備を固くするには、隊列を整えることが大事だ。昔、古代中国の魏侯が『隊列を整えるにはどうしたらいいか』と質問した時、呉子《ごし》は『賢者を上に据え、不肖のものを下に置けば自然に隊列は整います』と答えた。現在の日本では幕府及び諸大名家の軍隊でも、必ずしも賢者が上にいて、不肖のものが下にいるわけではない。そのため隊列も整っていない。隊列が整わないままに守りが固くて戦いに勝ったなどということは、いまだあったためしがない。良識ある君主たちは、この点をよく反省してほしい」

「『力が同等であって、はじめて徳による優劣をはかり、力も徳も同じ場合には、義によって優劣をはかる』という。周《しゅう》の文王《ぶんおう》の美徳をたたえるといっても、実は『大国はその力を恐れ、小国はその徳になついた』にすぎないともいう。昔から今に至るまで、力がなくて国を保ったということは聞いたことがない。王者は力を尊ぶべきなのだ」

「相手の力を知らず、同時に自分の力も知らないようでは、戦っても必ず負ける。しかしいまの情勢下では、単に相手を知り自分を知っただけでは不十分だ。相手の長所をことごとくこっちに取り入れて、しかも自分の長所は相手に渡さないという状態になって、はじめて勝つ見込みができる」

ここに掲げた例だけでも、象山が蟄居前に行なって来た、

「意見具申」

が、要路にほとんど取り入れられていなかったことを物語る。しかし象山の文章のトーンは、必ずしも非痛感に満ちてはいない。おそらく象山は、蟄居生活はやがて解かれる、そして再び活躍できる機会が来ると信じていたのだ。

そう考えると、象山は蟄居生活に入ったことを、あるいは、

「ナポレオンの流罪」

になぞらえていたかも知れない。象山の尊敬するナポレオンは、後年二回も流罪に遭っている。一回目はロシアの遠征で、寒気という大敵に遭遇して失敗し、さらにドイツの解放戦争に遭遇して、退位した。そしてエルバ島に流された。が、一八一五年にひそかにエルバ島から脱し、フランスに入って百日天下を実現した。が、ワーテルローでイギリスのウェリントン将軍指揮下の連合軍に破れ、ついに完敗を期した。ナポレオンの百日天下も終わる。そしてかれは、セントヘレナ島に流され、一八二一年にここで死んでいる。象山が生きていた頃から約五十年ほど前のことだ。余談だが、象山と同時代人でセントヘレナ島に立ち寄り、ナポレオンの墓を見て感動した日本人武士がいる。幕臣で、海軍学を学ぶためにオランダ国へ留学した榎本武揚《えのもとたけあき》だ。榎本は

セントヘレナ島で、ナポレオンの墓を見たときに激しく胸の震えるような感動を覚えた。榎本はこのとき、

「おれは日本のナポレオンになる」

と誓ったという。だから、ナポレオンに魅せられていた幕末の武士は象山一人ではなかった。榎本は帰国後、幕府海軍の総責任者になるが、新政府に降伏せずに艦隊を率いて脱走し、蝦夷で日本で最初の共和国をつくる。しかし押し寄せる新政府軍に降伏し、その後新政府要職を占めた。

さて、象山は『省諐録』の中で、

・なぜ自分の意見が用いられないのか

・それを超えて、自分が懲りずに意見具申をする理由

などを書いている。自分の意見を良薬にたとえた文章がある。

「主君や父親の病気を治そうとして薬を探していた人が、やっとその薬を見つけたとする。効き目があることがわかれば、薬価や薬の名など気にせず、必ずこれを主君や父親にすすめるだろう。しかし主君や父親の方は、薬の名前を嫌って飲まない。そこ

で、薬を探した人は策を使って主君や父親をだましてでもこれを飲ませるか、あるいは何もせずに相手が死ぬのを待っているか。家臣や子どもの身として、何もせずに見ているわけにはいかない。策がばれてあとで叱られるとわかっていても、必ずこっそりこれを飲ませるものだ」

自分の意見もこの薬だということだ。

「自分の行ないの判断は、自分で決めるべきだ。行ないの結果を本当に知ることができるのは自分以外ない。罪があるかないかも私自身の問題であって、外から押しつけられた罪など全く気にかけることはない。私は忠信の真心を貫いて罰された。これを恥だと思うようなら、それはよくない手段で富貴となることを自分の栄誉だと考えるのと何も変わらない。私にはそんな考えは毛頭ない」

「他人が知ることができないことを私だけが知っていて、他人にはできないことを私だけができる。これは私が天から恵みを受けているためだ。こういうように、特別の能力を与えられながらも、自分一人のことだけ考えて、天下のことを考えないならば、それはせっかくの天の恵みにそむくことだ。その罪こそ大きいといわなければならない」

「昔から、忠誠心を持ちながら罪を受けた人間は数え切れないほどいる。だから私は自分の忠義の行ないによって、罪を受けても一切恨もうとは思っていない。その行ないをしなければならない時に手を抜いてしなければ、国の危機は取り返しのつかないところまで進んでしまう。このことこそ悲しむべきことだ」

「たとえ私が今日死んでも、後の世に必ず公正な議論が起こって私を支持するに違いない。だから私は今の境遇を悔やみもせず恨みもしないのだ」

「たとえ身は獄中にあっても、心に恥じることが全くないので、平常心でいる。人間の魂は天地と共に動いている。夷狄《いてき》の患難も根底から乱すことはできない。ただ気にかかるのは、母が八十歳の老齢で飲食坐臥《ざが》、なにかにつけて私がそばにいないと安心できないことだ。私が囚われて以来連絡ができないので、母親の動静もわからない。どんなに心配なさっていることだろうか、そのことを考えると胸が痛む。しかし私は、自分の理性によって心の迷いをしりぞける。だから取り乱しはしない」

「私は今度の体験をして、はじめていまのような境地に達することができた。よく、人間は一度つまずくと一つの知識を得るというが、確かに本当だ」

もともと『省諐録』は、

「自分を省みる」

という意味を持っていて、そういう動機から象山もこの文章を書いた。自分に触れたところもある。

「私は長い間事物の真理を窮めようと努力してきた。そのために、家族のことや、同郷の者や、親戚友人のことなども、自分の発見した理《ことわり》に従って処理してきた。結果は自分でもよくやったと思っている。が、いま反省してみると、やはりいろいろと細かい心づかいの足りないところがあった。相手に満足を与えなかったことも多い。それというのも私の研究がまだ未熟で、世の中のことに十分に通じていなかったためだ。これはもっと努力しなければいけない」

普通の人間とは受け止め方が違っている。それは、象山は、

「人間に起こるあらゆる問題は、〝理〟によって解決すべきだ。また解決できる」

と信じていることだ。したがって、反省してみてうまく行かなかったことを思い出しても、それは世間でいう処世術がつたなかったからではなく、

「自分が求める理をまだ得ていないからだ。すべてを解決できる理に到達していないからだ」

と、理に対する努力不足を原因としている。この辺が象山の、科学者たるゆえんだろう。あくまでも彼にとって大切なのは、

「理を窮めること」

なのである。

「事物の理を窮めるということは、天地自然については割合容易だ。が、人間世界のことについては難しい。しかし、やさしいことになれて難しいほうを避けてはならない」

と自戒している。しかし、かれが蟄居中に、あくまでも、

「前向きな自分の支え方」

を可能にしたのは、やはりその理性だろう。感情に溺れて、自分のいまの境遇を考えたら当然落ち込む。もちろん、象山も人間だから落ち込むようなことがあったに違いない。しかしその度にかれは、

「自分の特性は理性だ」

と気持を持ち直して、自分を苦しめる感情を一切振り切った。捨て去った。これが象山の強みだ。

「自分の行動を律する考えは厳しくすべきだ。これが自分で自分を統御する原則になる。この原則を守れば他人をも統御することができる。しかし他人を扱う場合の規範は厳し過ぎてはいけない。やはり相手が納得するようなものであることが必要だ」

自分の弱点についても次のように振り返っている。

「ふるい立つのはいいが、逆上するのはよくない」

「私は一途に短兵急になることを自分で戒めている」

ほんとかな？　と思うような反省で、思わず微笑む。

「私はこの牢に入れられてから、よく私感情を押さえて勉励し、身心の鍛練につとめている。一日も無駄に過ごしてはいない。古人が、もし閑居しても無駄に月日を過ごしさえしなければ、私をここに閉じ込めた者は本当は私の成熟の手だすけをしてくれているのだといったことがあるが、本当だ」

読書についても次のようなことを書いている。

「本を読む場合には、暗誦できるほど熟読すべきだ。そうしないとあまり益はない。私はいま牢に入れられているので読みたい書物が側にない。今までのように書斎に座って左右に本箱をおき、読みたいと思う本を片っ端から手に取れるという状況ではない。だから、この牢内では毎日黙って考えているばかりだ。この時に考えの助けになり、戒めにもなるのは、今まで精読して暗記している文章だ。私は若い時から物事を広く知ろうとして沢山の本を読んだ。が、覚えているような忘れているような状況で、読んだ通り書いてみろといわれてもとてもできない。だから、多くの書物を読んだからといって必ずしも役に立つとはいえない。もし幸運にも許されてこの牢から出ることができたら、後に続くものにこのことを教えようと思う。同時に私自身をも戒めるつもりだ」

「君子には五つの楽しみがあるそうで、財産や地位は関係ない。一族のものがすべて礼儀を心得ていて、親子兄弟の間に不和がないこと、これが第一の楽しみだ。金品の授受をいいかげんにせずに、心を清く保ち、内には家族に恥じず、外には民衆に恥じない。これが第二の楽しみだ。聖人の教えを学んで天地自然や人間の大道を心得て、時の動きに随《したが》いながら正義から踏み外さないように努力し、危機に際しても平常と同じように対応できる。これが第三の楽しみだ。西洋人が自然科学を発達させた後に生まれて、孔子や孟子も知らなかった理を知る、これが第四の楽しみだ。東洋の道徳と西洋の芸術と、この両方についてあますところなく詳しく研究し、これを民衆の生活に役立てて国恩に報ずること、これが第五の楽しみである」

そして、

「私は二十歳になって、国（藩）の規模でものを考えたり行動したりするようになった。三十歳になると汎日本的な視野でものを考え行動するようになった。そして四十歳を過ぎた今は、全世界的な規模でものを考え、またそういう気迫を持って行動しなければならないと思っている」

この『省諐録』を書き続ける間、おそらくかれを支えていたのはもちろん、

「あくまでも理を追求する」

という科学者の精神だが、同時に、

「エルバ島から脱出するナポレオン」

の面影を追っていたことも確かだろう。象山もまた、

「この幽囚の島から脱したい」

という願いは日に日に高まっていたはずだ。そして、幕府を囲む当時の実力者の中にも、

「いつまでも、吉田松陰の海外渡航を煽動したという罪で、佐久間象山を蟄居させておくのは不当である」

という声が上がった。幕府開明派の川路聖謨《としあきら》たちは勿論のことだが、意外にも長州藩主の毛利《もうり》敬親《たかちか》や土佐藩主の山内豊信《とよしげ》（容堂）もしきりにこういう声を立てた。すでにアメリカと通商条約を結んだ幕府は、その条約批准のために新見《しんみ》豊前守《ぶぜんのかみ》正興《まさおき》を正使とする使節団を渡米させ、ワシントンに行かせている。この時、

「日本人の操る船で、太平洋を乗り切ってみせる」

と豪語した勝海舟が咸臨丸を運航してサンフランシスコに達している。吉田松陰や

佐久間象山が罪とされた、

「密航」

などという観念はとっくに吹き飛んでいた。堂々と、大船を操って彼の国に渡っているのだ。象山は、アメリカに漂流したジョン中浜万次郎の例をとって、

「密航ではなく、漂流ならよかろう」

という説を唱えたが、そんな説も今ではすでに昨日の話だ。しかし、

「象山の蟄居を解くべきである」

という主張者のなかに、尊皇攘夷の総本山である長州藩の藩主が声を高くしていたという現象は面白い。この頃は、薩摩藩・長州藩・土佐藩などのいわゆる〝西南雄藩〟は、近代化したその武力を背景に、朝廷から勅使を幕府に派遣させた。そしてその護衛隊長として、これみよがしに近代化された藩軍を率いて、江戸城に乗り込んだ。恫喝的に、

「幕政干渉」

を行なっていた。安政の大獄によって、井伊直弼が処断した国事犯たちも、天皇の命によってすべてその罪を赦《ゆる》されていた。吉田松陰もそのひとりだった。

「西南雄藩のいうことは何でも聞け」

と半ばやけくそ的になっていた幕府首脳部は、ついに佐久間象山の蟄居を解除した。文久二（一八六二）年十二月二十九日のことである。解放された象山は、まさしく水を得た魚のごとく、松代城に行き、翌文久三年元旦には、藩主真田幸教に謁見した。この時は挨拶程度だったが、翌二日には藩政改革に対する考えを鋭い舌鋒《ぜっぽう》で進言した。さらに三日には、城中大広間に家老その他の重臣をすべて集めてもらい、

「藩の学政ならびに軍制の不備」

を具体例をあげて指摘し、

「すべて、藩老の怠慢にある」

とあの巨眼を光らせて、迫力ある批判を行なった。江戸とのやり取りで、松代城にいる藩老たちも、

「天下がどう動いているか」

ということは知っている。だから、佐久間象山の蟄居解除も、長州藩・土佐藩などの、

「反幕有力大名」

の圧力によって行なわれたことも知っていた。親幕藩である真田家は、その保守性を完全に拭い去ることはできない。藩老たちは象山の自分たちの非を責める態度に心

中穏やかでなかった。しかし、

「九年もの蟄居をやっと許されたのだ。いわせておけ」

と大目に見る器量を発揮した。この空気を敏感に察知した藩主の幸教は、

「修理（象山のこと）、その方の気持はよくわかるが、当面この問題について発言を禁ずる」

と口封じをしてしまった。憤懣《ふんまん》やるかたない藩老たちは胸の溜飲《りゅういん》を下げた。ところがその象山に、思わぬ方向から声が掛かって来た。京都朝廷の伝奏《てんそう》飛鳥井《あすかい》中納言《ちゅうなごん》から、

「朝廷に出仕してはくれぬか」

という申し出であった。

京都で天馬駈けめぐる

飛鳥井中納言は、名を雅典《まさのり》といい、文政八（一八二五）年十月の生まれだ。家は代々、蹴毬《けまり》や歌道をもって天皇に仕えていた。石高は九百二十八石余というから、当

時の公卿階級としてはかなり高級だ。雅典は、天保九（一八三八）年閏四月に侍従に任ぜられ、その後左近衛権少将・同中将を歴任したのちに、嘉永二（一八四九）年十二月に従三位に進んだ。そして安政六（一八五九）年九月に参議になり、文久元（一八六一）年十二月に権中納言に叙任した。安政二年十月から十一月までと、安政五年九月から翌六年正月まで、

「議奏加勢」

に補せられ、六年二月に議奏になった。そして文久三（一八六三）年の六月には「武家伝奏」に栄進し、朝議に参画するようになった。それ以前、安政五年三月の幕府の「日米通商条約勅許」奏請に対しては、反対派と共に行動している。議奏時代には和宮《かずのみや》降嫁問題に関与した。そして、文久二年の十二月には、新設された「国事《こくじ》御用《ごよう》掛《がかり》」に任命された。翌三年の三月に行なわれた、孝明天皇の賀茂社《かもしゃ》行幸と翌四月の石《いわ》清水《しみず》行幸には供奉している。当時京都朝廷では、組織改正が行なわれ、文久二年十二月九日に飛鳥井雅典が任命された国事御用掛の新設と同時に、翌三年二月十三日には新しく「国事参政」と「国事寄人」の二つのポストが設けられた。これらのポストに就いたのは、すべて朝廷内の急進過激派公家である。はっきりいえば、

「尊皇攘夷派」

の連中であった。その先頭に立っていたのが三条実美《さんじょうさねとみ》である。この過激派連中は、当時公家の子弟の教育機関であった「学習院」を志士たちに開放した。そして、

「学習院出仕」

と称して、各藩で同じ志を持つ武士たちを朝臣とした。各藩の志士たちは、それぞれの所属する藩士でありながら同時に、

「天皇の家臣」

としても行動したのである。つまり大名の家臣であると同時に天皇の家臣であるという二重籍をもった。飛鳥井雅典も、新設された国事御用掛に任ぜられたくらいだから、一応はこの過激派公家の仲間だと見ていいだろう。佐久間象山に声を掛けてきたのは、文久三年七月二十六日のことだったが、このときの飛鳥井はすでに伝奏を命ぜられている。しかし、その伝奏である飛鳥井がなぜ佐久間象山という松代藩士に突然声を掛けて来たのかは、どうも経緯があるようだ。というのは、飛鳥井自身の発想ではなく、助言者がいたということだ。助言者というのは、明らかに前土佐藩主山内容堂である。容堂は、自身〝鯨海酔侯〟と称するように、剛腹な人物である。したがって、

「今のような動乱の世にあっては、突飛な人物が世の中を変える」

と思っていた。佐久間象山にかねてから眼をつけていた。だから長州の毛利敬親と一緒になって、

「佐久間象山の早期蟄居解除」

を要請したのである。酔っていたのかどうか知らないが、勢いに乗って松代藩に、

「象山を当家で召し抱えたい」

といってきた。藩首脳部は首を集めて論議した。幕命によって蟄居解除された直後に、象山は性懲りもなく藩政批判を述べ立て、

「藩政ご改革は一日もゆるがせにはできません。それがしを改革総責任者にご任命願いたい」

と藩主幸教に迫った光景はまだだれもが覚えている。みんな呆気《あっけ》にとられた。藩首脳部は特に、

「この思いあがり者めが」

と悪感情を抱いた。そんな時期だったから、山内容堂の召命は、もっけの幸いとばかり、

「この際、佐久間は土佐へ差しあげた方がよいのではないか」

ということになった。しかし渡りに船とばかり象山を引き渡したのでは、こっちの

腹を見透かされる。そこで首脳部たちが悪知恵をしぼって、藩主の幸教に容堂への返書を書いてもらった。結論は、

「佐久間修理招聘《しようへい》を承諾する」

というものだが、持って回った返書になっている。意訳すれば、

「象山は大人物なので当藩でも大変重宝している。そのため本来なら手放したくないのだが、せっかくのご厚意なので差し上げることにする。ただし、当方で入り用になった時はすぐお返し願いたい」

というものであった。ところが相手の容堂からは、

「佐久間先生をお招きすることについて、早速のご承諾かたじけない。しかし、老生は近く上京することになったので、改めてお知らせするまで佐久間先生のご出発はお見合わせ願いたい」

という内容の返事が来た。合わせて、藩内にいる親象山派の連中が、

「佐久間先生を土佐へお貸しすることなどとんでもない話だ」

という反対運動が起こった。そして門人たちは直接象山のところへ押し掛けて来て、

「先生、軽率なことをなさっては困ります」

と文句をいった。象山は迷った。いわば嬉しい悲鳴だ。山内容堂からの招きも嬉しい。これには、自分に反対ばかりしている保守的な藩上層部に対し、

「どうだ？　他藩ではこれほど自分の事を評価しているのだ」

という、俗な言葉を使えば〝ざまあみろ〟という気持もあった。しかし冷静になればこれは象山の最も嫌う、

「理に基づかない情の走るままの行動」

である。そんな迷いが生じた時に、門人たちが押し掛けて来て、今度の土佐行きを思い止まってほしいという要望をしてくれたのは、感情に赴くままの行動に歯止めが掛かった。そんなところに、飛鳥井伝奏からの声が掛かって来たのである。飛鳥井伝奏からの声は、八月十三日に松代の象山にもたらされた。この辺は、藩の方もすべて秘密にして、

「こんな話は佐久間に知らせない方がいい」

ということはしなかった。が、だからといってこの召命に素直にしたがったわけではない。山内容堂の招きに対しては、相当屈折したい方で、

「佐久間修理は優秀な人物で当家でも欠くことができない存在なので、こちらで必要なときはすぐ返していただきたい」

などと書いている。ところが飛鳥井に対してはもっと突き放したものになった。以下にその返書を掲げる。

「此の度家来佐久間修理と申す者、御用の儀も御座候に付、御所より召さる可きやの御沙汰を蒙《こうむ》り、誠に以って当家の面目此の上もなく有難き仕合わせに存じ奉り候。然る処右の者儀学術才略は御座候えども、積年召し仕り相試み候処、其の人となり不安心の次第も御座候に付、是迄重用も仕らず差置き候儀に御座候（中略）家来の儘《まま》にて御用等仰せ付けられ候御様子柄にも御座候えば、同人の取り扱い方万端に付、外《ほか》家来共一統の気向に相拘り候次第も御座候やと心痛罷り在り候間、恐れ入り候えども罷り成る可き御義に御座候わば、差上切《さしあげきり》に仕り度く前以って願い奉り候」

現在ではちょっと想像を越える文章だ。少なくとも公用文の中に、佐久間象山自身の人格的欠陥を告げて、また、

「そういうわけなので、今まで何の役にも付けず重用して来なかった」

というのは明らかに嘘だ。先代の幸貫のときには、幸貫が老中海防掛に任命された時に正式に「顧問」を命ぜられている。本音が出ている。この文中にある、

「外家来共一統の気向に相拘り候次第も御座候や」

というのがその理由だ。ようするに、

「佐久間象山はその性格のために、周囲と協調できない変わり者なのだ」

ということだろう。だからこれらのごたごたを一挙に解決するためには、

「松代藩に在籍のまま朝廷の御用をするのではなく、そのまま朝廷に差上切にしたい」

という。これは、この機会に松代藩とは一切縁を切りたいということだ。こんな返事は象山の耳にも入っただろう。しかし象山は激昂する門人たちを押さえて、

「私の考えを実行するのには、朝臣になった方がよいかも知れぬ」

と割り切った。心情的にはほとほと嫌気がさしていた。しかしそれを露骨に出したのでは、やはり象山の象山たるゆえんが失われる。

(ここも踏ん張って、理を貫かねばならぬ)

象山は自分の〝理〟に必死にしがみつき、不快な感情を制御した。

しかし、この飛鳥井からの召命も実を結ばなかった。それは文久三年八月十八日に、

「八・一八政変」

と呼ばれるクーデターが京都で起こったからである。

孝明天皇が妹の和宮を第十四代将軍徳川家茂《とくがわいえもち》に降嫁させるときに、一つの条件をつ

けた。それは、

「幕府の責任において攘夷を実行する」

ということだ。攘夷を実行するということは、

・すでに開港した日本の港を閉鎖して鎖国の昔に戻す

・日本に在留する外国人は退去を命ずる

・したがって、すでに結んだ修好あるいは通商条約は破棄する

という結果になる。こんなことを外国が簡単にのむはずがない。当然戦争になる。それは隣国の清の例を見ても明らかだ。今の幕府にそんなことができるはずがない。できないことを承知で、尊攘派はその実行を求める。

だから将軍家茂が上洛して、

「攘夷期限は文久三年五月十日と致します」

と奉答したときに、京都に集まっていた攘夷派は一斉に大歓声をあげた。自分たちが勝ったと思った。そして、その勢いでこの過激活動はさらにエスカレートした。久留米水天宮の神官で〝今楠公《いまなんこう》（楠木正成）〟と呼ばれる真木和泉が中心になって、さ

らに、

「天皇の大和橿原神宮行幸《かしはらじんぐう》」

が企てられた。この行幸には、二つの目的があった。

・橿原神宮の神前で、天皇は自ら攘夷軍の総指揮を執ることを宣言する

・この時、全国有志による天皇の親兵を結成する

・天皇の親兵は、攘夷軍であると同時にそのまま討幕軍になる

というものだった。社会の変革活動というのは、最初はこういうように学識経験者の唱える論によって水が引かれる。その後に、これに同調する多くの人々がグループを作る。さらにこれに既成の組織（藩・大名家）が結び付く。

真木たちの背後には長州藩がいた。そしてこれに同調する過激公家が御所内にいた。大和行幸の真の目的を告げられると、孝明天皇もさすがに迷った。迷ったというよりも足踏みした。

「そこまでできぬ」

というのは、孝明天皇は義弟の徳川家茂が好きだった。若く、素直な人柄で自分の

いうように攘夷期限も奉答した。それをこれでもかと追い詰めるようなことはしたくない、というのが天皇の心情だった。この天皇の心の動揺を見た穏健派公卿が、京都守護職の会津藩主松平容保《まつだいらかたもり》や、薩摩藩、土佐藩などのいわば、

「公武合体派」

に相談した。公武合体派の意見は一致し、

「この際、京都にいる過激派を一挙に追い出そう」

ということになった。細かいことは省くが、八月十八日の未明に御所内の各門の警衛の任についた公武合体派の大名軍によって、長州藩は御所警衛の任を解かれ、一歩も中へ入れてもらえなかった。同時に長州藩と同調した三条実美以下の過激派公卿も、御所に入ることを禁じられた。憤激するこれらの派は、無念の涙を飲んで雨の中を長州へ落ちて行った。〝七卿落ち《しちきょうお》〟と呼ばれる事件だ。七卿というのは三条実美以下の過激派公卿のことである。この時、佐久間象山に声を掛けた飛鳥井雅典も罰を受けた。参朝（御所へ出仕すること）・他行（外出）・他人との面会などを禁ぜられた。

やはり真っ黒ではなくても、

「限りなく黒に近い灰色」

的立場だと見られたのだろう。しかしかれは間もなく孝明天皇に許され、朝議に参

画するようになる。よくいえば、融通の利く二面性を持っていたということでもあり、悪くいえば、

「生き方上手」

の公卿だったといっていい。自分をナポレオンに擬していた象山は、飛鳥井伝奏の招きによって、

「これでエルバ島から脱出できる」

と喜んだのも束の間、結局はこの話も立ち消えになってしまった。象山の心境は不完全燃焼の極みに達した。そんな頃、憂さ晴らしもあってか象山はオランダの本を手引きに、西洋流の乗馬術に励んでいる。西洋の鞍《くら》を買って、これを馬に乗せ郊外だけでなく城下町も走り回った。佐久間象山が奇人だということはほとんどの人間が知っていたので、みんな、

「また象山先生の奇行がはじまった」

と見送った。燻《くすぶ》ったままの年が暮れた。明けて文久四（一八六四）年になった。この年は二月二十日に改元され、元治と改まる。その元治元年三月七日、突然藩から象山に次のような命令が出た。

「御用の向もこれ有り候間、早々上京申し付くる可き旨、公儀より御達しこれ有り候

に付、上京仰せ付けられ候。早速出立有る可く候」

細かい説明は何にもない。とにかく、

「幕府から呼び出しが来たからすぐ京都へ行け」

ということだ。前土佐藩主山内容堂や朝廷からの呼び出しには、持って回った返書を出した藩庁だったが、今度は素直に受けた。おそらく、やり取りをしているうちにくたくたに疲れ、

「早く厄介払いをしたい」

と思っていたのだろうか、この幕命は飛びつくような話だったのである。しかしこれほどまでに佐久間象山という一個人に拘るのは、なんといっても当時の松代藩真田家が、

「全状況に対し正しい認識を欠き、藩の進むべき道を見失っていた」

といわざるを得ない。

佐久間象山は、まさにナポレオン気取りで、竹村金吾が斡旋《あっせん》してくれた栗毛の馬に「都路《みやこじ》」という名を付け、洋鞍を置いて颯爽《さっそう》とこれにまたがり京都へ出発した。かれにすれば馬は天馬だった。供は、息子の恪二郎のほか門人・槍持・銃手・荷方・仲《ちゅう》間《げん》・馬の口取等十五人が従った。この頃の幕府の拠点は二条城だ。周囲に、江戸から

出向している老中たちが住んでいた。象山は、老中酒井《さかい》雅楽頭《うたのかみ》・同水野和泉守《いずみのかみ》・同有馬遠江守《とおとうみのかみ》・同稲葉長門守《ながとのかみ》等要人を歴訪した。そして、声高らかに、

「この度ご召命によって上洛した佐久間修理でございます」

と告げて歩いた。四月二日に呼び出しが来た。威儀を正して二条城へのぼった。相手をしたのは目付役で、

「御老中からのお達しである」

と勿体ぶって前置きをし、次のような辞令を渡した。

「海陸《かいりく》御備《おそなえ》向《むき》掛《かかり》手付《てつけ》御雇《おやとい》を仰せ付けられ、御雇中御扶持方二十人、御手当金十五両下され候也」

象山は目を見張った。思わず呻いた。

「御雇とは？」

鋭い目を上げて目付を睨んだ。目付は、

「書いてあるとおりだ」

と突っ放した。象山は、

（おれほどの人物を、御雇とは何ごとか！　人を見る目がなさ過ぎる）

とかっとした。しかしこの時もかれの理性がそれを止めた。

（扱いなどどうでもよいではないか。それよりも、自分の抱負経綸《けいりん》を目一杯発表して、この国の運航を誤らせないようにするべきだ）

という、科学者らしい理性がすぐ頭をもたげたからである。これが勝った。象山は、

「有り難き仕合わせ」

と礼をいって退出した。しかしこの時はすでに、

（幕府の細かい規制を打ち破って、思う存分要路に自分の意見を告げて歩こう）

と心を固めていた。つまり象山ほどの学者を、単に「御雇」としか扱わないような徳川幕府にも、かれは愛想を尽かしたのだ。しかし、たとえ御雇でも辞令を受けたからには正式に幕府の役人だ。その立場を活用して、

「今まで鬱積していた自分の意見を大いに説いて回り、公卿や幕府上層部の目を覚まさそう」

と思い立ったのである。事実、その発想によって象山はわずかな期間だったが、爆発的に行動する。この当時の京都は、

「暗殺の季節」

に入っていた。尊攘派・佐幕派共に、緊張感が高まり、それはついに、

「世の中を惑わすような言説を唱える人間は殺すに限る」

という思想が両側に生じた。

「他人に影響を与えることの大きい存在」

は、その根を断つことによって言論そのものを封じ込めると考えたのである。単純なテロ思想だ。しかし象山はその真っ只中に乗り込んで行った。

京都で彼が接したのは、まず山階宮《やましなのみや》と将軍後見職一橋慶喜《ひとつばしよしのぶ》であった。両者とも、面会を申し込んで来た。一橋慶喜は面会日を四月十二日と指定して来た。しかし山階宮は別にいつということではなかったので、四月十日に象山の方から宮を訪ねた。宮は丁寧に象山を迎えた。のしあわびや昆布等お祝いの品物を手ずから象山に与えた。そして、

「西洋の地理や兵法について知りたい」

といわれた。象山は今まで蓄積した自分の知識を惜しげもなくお答え申し上げた。終始一貫して宮は熱心に聞いた。やがて、

「西洋式の馬術が見たい」

といわれた。象山は喜んで、連れて来た愛馬の都路に乗り、宮家の庭で乗馬を実演した。宮は非常に満足され、

「これからもたびたび来るように」

といわれた。そして、さらに御紋章入りの盃・錦の煙草入れ・お扇子等の土産をくれた。象山は感激の極みを味わった。すぐ、妻の順子・姉・斎藤友衛などの故郷の人々にいきさつを書き送った。感激のあまり、それまで都路と名付けていた愛馬の名を「王庭」と改めた。この辺は象山の性格の純粋さを示すものだ。自分に好意を示してくれた人物に対しては、こちらもあらん限りの力を振り絞って対応する。善意の出し惜しみなど絶対にしない。しかもかれは、自分に悪感情を持つ者や敵対する者に対しても、極力感情面を抑えようと努力した。かれが痛罵するのは、あくまでも、

「公の立場・公の論理」

においてである。私情など全くない。それがどうも周囲には分からない。残念だった。

四月十二日には一橋慶喜に会った。慶喜は象山の考えに感銘した。そして、

「朝廷内にはまだ攘夷に拘る頑迷な公卿が何人もいる。その方の言説で、大いに説得してもらいたい」

といった。そして四日後にはおそらく慶喜の進言によったのだろう、象山は四十人扶持に加増された。五月一日にはついに二条城で第十四代将軍徳川家茂に謁見した。

天皇の義弟にあたるこの青年公方は、最後まで象山の熱っぽい言説に耳を傾けた。途中でしばしばわが意を得たりというように頷いた。

五月三日には中川宮朝彦親王に謁見した。中川宮は山階宮の弟だ。奈良の一乗院に入り、やがて京都粟田口《あわたぐち》にある青蓮院《しょうれんいん》に移って尊融法親王と名乗っていた。安政年間幕府に嫌われて京都相国寺《しょうこくじ》に幽閉された。しかし文久二年幽閉を解かれ翌年から朝彦親王と名を改めた。青蓮院宮・尹《ただ》の宮・賀陽《かや》宮などと称した。皇威伸張がその政治目的だったので、宮を知る人々からは〝今大塔宮〟といわれた。大塔宮はいうまでもなく護良《もりなが》親王のことで、後醍醐天皇の皇子であり、北条氏打倒のために立ち上がった勇敢な宮である。中川宮とは大いに意気投合し、象山はその後もしばしば宮に謁見している。宮は、

「今まで、そなたのように国情を利害得失面から明らかにしてくれたものはだれもいない。一昨年そなたが都にいてくれれば、天下は今のように乱れはしなかった」

とまでいわれた。象山は大いに面目を施した。中川宮も山階宮と同じように、

「しばしば当寺に参るように」

と告げた。京都にいた有力大名も次々と象山に声を掛けて来た。特に、前薩摩藩主島津斉彬の弟で現藩主の父である久光は、高崎兵部を代理として何度も象山の意見を

聞いた。久光は開国論者だから、象山のいうことがよく分かる。やがて、

「佐久間を薩摩藩に呼びたい」

といい出した。使いとしてやって来たのが西郷吉之助である。象山は断った。

「しばしばお招きをいただいて恐れいります。しかし現在の私は幕命によって在洛し、国事周旋の任に当っておりますので、それに背くわけにはいきません」

という理由だ。しかし心の中では嬉しかった。薩摩藩からも声が掛かったということは象山の存在意義をいよいよ高めたからである。西郷はしばしば象山のところにやってきては意見を聞いた。盟友の大久保一蔵（利通）にこんな手紙を書いている。

「学問と見識に於ては佐久間（先生）抜群の事に御座候得共、現時に臨みては勝（海舟）先生にもひどく惚れ申候」

勝海舟は佐久間象山の弟子であり義兄だ。若い時からひどく貧乏して苦学し、老中阿部正弘によって発見された逸材だ。海防掛目付になって以後は、日本の国防問題について現場で自分の意見のフィードバックをしている。つまり、

「自分の勉学がどれ程役立つか、役立たないか」

ということを実際問題に当てはめて行なってきた。つまり「事例研究」を重ねている。その意味で一薩摩藩士ではなく、

「日本国の政治家西郷吉之助」

という意識を強めつつあった西郷にすれば、やはり佐久間象山の言説はどこか理想論であって、すぐ実行できない面も多々あったに違いない。その意味では、勝海舟の唱えることの方が、

「そのまま現時の国情に活用できる」

と判断したのだろう。この年九月十一日に、西郷は大坂で勝と会って大いに触発される。それは勝が、

「雄藩同士が角突きあって争うことを止め、大同団結して徳川幕府を倒すべきだ」

という恐るべき助言を行なうからである。その後の西郷は、共和政治・共和政体という言葉を連発する。西郷が共和などというとちょっとおかしいが、これは勝海舟から吹き込まれた、アメリカにおける民主政治のことをいう。佐久間象山には、

「幕府を倒して、代わるべき政体を樹立する」

という発想はない。象山はあくまでも、

「尊皇敬幕」

の立場に立っていた。

四月十四日に象山は賀茂川の西岸丸太町に転居した。梁川星巌の未亡人紅蘭の斡旋

によるものだという。しかしこの家は狭かったので、五月十六日には木屋町三条上ル大坂町の第二十八番路次の奥に転居した。ここは部屋数が十五、六あって、愛馬王庭を繫ぐ厩《うまや》も附属していた。大変景色の美しいところである。そこで象山はこの家に、

「煙雨楼」

と名づけた。

明星は輝きつづける

七月一日にははじめて二条関白に拝謁した。さらに同月六日にも再び関白に謁見している。この頃は、実をいえば京都では大事件があった直後だ。有名な、

「池田屋の変」

である。これは祇園《ぎおん》祭の宵宮だった六月五日の夜、壬生《みぶ》に屯所を置いていた近藤勇《こんどういさみ》以下の新撰組が、三条小橋畔の池田屋に集結していた尊攘派志士たちを襲ったものだ。事前の探索によれば、集結した尊攘派志士たちは、

・烈風に乗じて京都市中に火を放つ
・驚いて参内する中川宮と守護職松平容保（会津藩主）を要撃する
・合わせて新撰組屯所を襲って、捕らえられている同志を救出する

などという計画を立てていた。この無謀な計画を事前に探知した新撰組は、先手を打って六月五日の夜遅く過激派たちが集結していた三条小橋の池田屋を襲った。三十数人集まっていたが、七人を斬殺し、残りのほとんどを捕縛した。この事件が先年長州に落ちていた、七人の公卿や長州藩の過激派、これに同調する京都から追い落とされた浪士たちを憤激させた。それでなくても、八・一八の政変は、薩摩藩と会津藩の謀略だという見方が強い。

「この際、一挙に上京して天皇に直訴し、長州藩主の冤罪《えんざい》を晴らしていただこう」

という声が上がった。

「長州藩が、武装して京都に押し寄せて来る」

という噂がにわかに高まった。市民の中で気の早い者は、

「また戦や」

といって、家族を疎開させたりする者も出た。京都の空気は今まで以上に緊迫し、

導火線に火が付けられればたちまち爆発するような険しい状況になっていた。しかしそういう空気を知りながら、象山は逆に、

「こういう緊迫した空気だからこそ、この国を誤らせないような方策を為政者がとるべきだ」

と信じて、諸所に説得をして回っていた。象山が最も恐れていたのは、国内の議論がばらばらになり、国民同士が相食むという内戦が起こることであった。隣の清国の例にみるように、内戦が起これば外国列強は必ず介入し、大坂湾に軍艦を集結して京都に迫って来る。ところがその京都では、過激暴徒が集まっていて勝手なことをいっては行動し、皇城の治安さえ保てない。場合によっては、皇居内の主上《おかみ》をお守りできないかも知れないという不安の念があった。そのため象山が説いたのは、

・朝廷を最高指揮者として幕府も諸大名も公卿も一丸となって外交にあたり、国防を充実する
・そのためには、国内政治を整え、外国列強に対しては、一歩も譲らぬだけの国力を急遽養う
・国論を統一する

・主上の安全を確保するために、この際皇居を洋式にのっとり堅牢に改造する
・公卿にも西洋砲術を修得させて、皇城の親兵とする
・しかし、この案は早急に実現できないので、場合によっては外国の侵略を受けたり、あるいは国内の叛逆人の謀叛《むほん》を招く恐れがある。主上の安全確保のためには、新皇城の完成するまで、おそれながら主上に彦根城へ御動座願う

というものであった。

佐久間象山は天性の純粋無垢な科学者だったから、こういう企てを立てても密に事を行なうなどという事はしない。かなり大っぴらに関係者に相談した。京都守護職を務める会津藩の山本覚馬や広沢富次郎、あるいは幕府の鉄砲奉行小林祐三らに話すとみんな、

「妙案だ」

と賛成した。一橋慶喜も賛同した。さらに昵懇《じっこん》を深めていた山階宮や中川宮にも献策し、その賛意を得た。

六月二十七日に、小林祐三が象山を訪ねて来た。こんなことをいった。

「真田公が幕府の召命によって、藩兵を率いて大津に宿泊しているそうです。大津は

要害の地ですから、京都に入らずそのまま大津に留まって守護の任についていただいたらどうでしょうか」

象山はたちまち賛成した。必ずしも今の時世に対して去就のはっきりしない松代藩真田家が、大津に留まれば自分の計画を実行する上でも非常に都合がいい。そこでかれはすぐ馬を走らせて大津に行き、藩軍を率いていた真田家家老真田志摩《しま》にこのことを頼んだ。京都の情勢を事細かに説明し、自分の計画を話した。もちろん、主上の彦根動座のことも告げた。だからこそ、真田藩には大津を守備してほしいと頼んだ。しかし真田は蹴った。もともと真田は象山が嫌いだ。反対派の先頭にいる。

「わが藩は京都御所の守護を命ぜられて上洛したものだ。おぬしのいうような理由で、大津に留まるわけにはいかない。既定方針通り京都に入る」

と一蹴した。

そしてこの頃から、象山が考えた、

「天皇の彦根動座案」

は、京都市中の尊攘過激派の間にもひたひたと波のように伝わって行った。尊攘過激派の一部では、

「新撰組をそそのかして池田屋に斬り込ませたのは、佐久間象山だ」

と見る者もいた。この連中はすでに、長州藩が一藩をあげて藩主の雪冤《せつえん》のために、大軍を率いて上洛するという報を受けていた。その時を待ち構えている。そんな時に、佐久間象山の案が実行されて、天皇が彦根へ動座されたのでは、長州藩の上洛もまた無駄になる。

「佐久間斬るべし」

という考えが、在洛中の尊攘過激派の間に合意された。

長州藩も一枚岩ではない。今度の藩軍上洛を、無謀だと見る良識派が沢山いる。桂小五郎もその一人だ。桂は、象山を訪ねて密に帰国を勧めた。また同じ長州藩士小倉健作も、同じ忠告を行なった。島津久光も象山を心配する一人だった。かれはすでに象山と昵懇の仲にある腹心高崎兵部を遣いにして、

「先生は大事なお体です。危害に遭っては何もなりません。この際、思い切ってご帰国ください」

と勧めた。しかし象山は頑として聞かなかった。その辺の心情を、かれは愛妾の蝶《ちよう》に手紙を書いている。象山の計画実現活動が積極化するのに応じ、洛内の尊攘過激派の、

「象山暗殺」

の計画も着々と進んでいた。

元治元（一八六四）年七月十一日、象山は山階宮邸を訪ねる目的で、朝食後愛馬の王庭にまたがって、宿所を出た。供は若党の塚田五左衛門・坂口義次郎・馬丁の半平、草履取音吉の四人だった。この日のかれの扮装は、黒もじ肩衣《かたぎぬ》・もえぎ御せん平馬乗袴・騎射笠・腰には備前長光《おさみつ》の太刀に、国光の小刀を差していた。供は世界地図を持っていた。これは、山階宮に、

「天皇の開港勅諭案」

の草案を説明し、天皇への仲介を頼もうと考えていたからである。ところが山階宮は参内中で不在だった。そこで、同家の執事国分番長と一時間ほど話して同邸を辞去した。この時若党の塚田五左衛門には持って来た地図を持たせて先に帰した。また、坂口義次郎は前日から風邪を引いていたので、これも先に帰した。草履取の音吉を付き添わせた。結局、象山が供にしたのは口取りの半平だけになった。午後五時頃三条上ル木屋町通りに差しかかった。夏のことなので、日はまだ高い。もう少しで京都の宿所だとほっとした時、馴染みの髪結床の前に二人の武士が立っている。気にもしないでその前を通り過ぎると、武士はいきなり象山の後ろから斬りつけてきた。馬は驚いて口取り役の半平を振り飛ばし走り出した。不意だったので象山は刀も抜けない。

高階宮家の庭前まで戻ると、そこに四人の別の武士が飛び出して来た。また、橋のたもとからも五、六人の人影が現れた。そして一斉に襲いかかった。象山は、十三ヵ所も傷を負って馬から落ち、即死した。下手人たちはそのまま長州屋敷東南角の高瀬川橋方面へ逃げ去った。風邪を理由に象山と別れて別な道を辿っていた義次郎が現場に駆けつけた。驚いて象山の遺骸を抱き、すぐ駕籠を呼んで住居に運んだ。この日のうちに、三条大橋に次のような斬奸状《ざんかんじょう》が貼られた。

斬奸状

松代藩　佐久間修理

此の者元来西洋学を唱え、交易開港の説を主張し、枢機の方へ立入り、御国是を誤り候大罪捨て置き難く候処、剰《あまつさ》え奸賊会津、彦根二藩に与同《よどう》し、中川宮と事を謀り、恐れ多くも九重（天皇）の御動座を彦根城へ移し奉り候儀を企て、昨今頻《しき》りに其の機会窺い候。

大逆無道天地に容れべからざる国賊に付、即ち今日三条木屋町に於て天誅を加え畢《おわ》りぬ。但し斬首梟木《きょうぼく》に懸くべき処、白昼其の儀も能《あた》わざる者也。

元治元年七月十一日　皇国忠義士

この斬奸状は、たまたまここを通りかかった松代藩普請方の足軽で三吉という人物が読んで憤慨した。すぐ貼紙をはぎ取って持ち帰ったものが、現在そのまま残されているということだ。

象山の遺体は翌日検死が終って、七月十三日に京都花園の妙心寺大法院に葬られた。法号を「清光院仁啓守心居士」という。しかし藩当局は七月十四日付で、

「亡佐久間修理親類宛」

とし、

「佐久間修理此度切害致され候始末重々思召しに応ぜず候に付、御知行並びに屋敷地共これを召し上げらる」

という指示書を渡した。象山の死後、親戚門人たちが、

「息子恪二郎に家禄を継がせていただきたい」

と願い出たが、それに対する返書であった。その理由の一つとして、

・象山が、刺客に襲われた時に、後ろから斬られていたこと。つまり、背中に傷を負うというのは武士として恥ずべきことであること

というのがある。しかしこれは無理だ。本当の理由は、日頃から象山に対する真田家中の感情が主たるものであり、同時に当時真田家が御所守護の任を帯びて、京都に上洛の途次にあったことなどが、象山にとっては不利な条件になったのだろう。真田家にも、すでに、

「尊皇攘夷派」

が育ち、長谷川昭道はその先頭に立っていた。藩軍を率いた真田志摩にしても、アンチ象山派の総帥である。象山にとっては不利な条件が重なったという他はない。しかし、あの世へ旅立った象山は、そんな後始末を見ていてもほくそ笑み、

「燕雀なんぞ鴻鵠の志を知らんや」

と嘯《うそぶ》いたことだろう。象山ははるか天空の彼方に飛び立ったのである。五十四歳であった。

ここで、最後に考えておきたいことがある。それは、佐久間象山といえばすぐ、

「開国論者」

というレッテルを貼ってしまう。本当にそうだったのだろうか。筆者は今度象山のことを書いて、象山は、

「尊皇国防論者」

だったと思う。特に、かれの、

・国論の一致

・列強諸外国に伍《くみ》するような国力の培養

・そのための進取開国の必要

などと合わせ考えると、象山はやはり、

「天皇を日本の中心に置き、そのもとに幕府も全大名も公卿と共に心を一致させる」

ということを急務としていた。つまり公武合体だ。しかしだからといって、当時京都朝廷でしきりに唱えられた「攘夷論」に与《くみ》していたわけではない。

「敵の実力も知らないで、ただ攘夷攘夷と叫んでも、そんなものは空理空論であり、国際情勢から甚だしく遅れるものだ」

と認識していた。

こういう推論が成り立つかどうかは疑問だが、筆者は、

「象山の思想の行き着くところは、天皇を主権者として、そのもとに全武士が一致団結し、日本国を最後まで守り抜くような国体をつくる」

ということだったと思う。それが、

「尊皇国防論者」

と名付けるゆえんなのだ。なお、文中で詳しく触れることができなかったが、松代町の八田家には、象山が「八田慎蔵」宛に書いた手紙が多数保存されている。八田慎蔵家は、松代藩の出入御用商人で、ある時は象山の勧めによって、

「災害に遭った救民の救済金」

なども多額に拠出している。おそらく、象山の生涯を通じて、地下水脈的な親交があったのではなかろうか。このことは、もっと詳しく調べた上で稿を改めたい。この本では、

「象山における一期一会」

をモチーフとし、

「象山が生涯で出会った人物と、その受けた影響」

を中心に、串のない団子のような綴り方をした。しかし、所詮、象山という巨大な象の尻尾の毛の一本に触れたにすぎない。浅学非才を愧じて筆を擱《お》く。象山という明星は、いまも東と西の空で輝いている。かれは京都で天馬に乗り、空に飛翔したのである。

この本を書くにあたって、勉強させていただいた参考書は、つぎのとおりである。

・『佐久間象山』 財団法人佐久間象山先生顕彰会
・『佐久間象山の生涯』 前澤秀雄 財団法人佐久間象山先生顕彰会
・『佐久間象山』 大平喜間多 吉川弘文館
・『日本の思想家38 佐久間象山』 小尾郊一 明徳出版社
・『日本の名著30「佐久間象山・横井小楠」』 松浦玲 中央公論社
・『志賀高原と佐久間象山』 財団法人和合会
・『詳解 省諐録』 倉田信久 倉田寛発行
・「櫻賦・望岳賦・余年二十以後 碑文解説書」 象山神社奉賛維持会
・『象山雅号に決着を』 山口義孝 龍鳳書房
・「松代 歴史と文化」 信濃毎日新聞社

なお、松代での取材については、長野市長、エコール・ド・まつしろのみなさん、とくに樋口博さん、象山神社宮司瀧澤基先生、象山記念館、真田宝物館ほかの諸施設のみなさん、そして八田家のご当主などには随分お世話になった。厚くお礼を申しあげます。そして、この本の企画段階から実に親身に補完の煩務をつとめて下さった実業之日本社の武井秀介さんに、心から感謝します。

二〇〇四年　春

童門冬二

文庫版あとがき

幕末は第二の戦国時代である。それまでに築かれた秩序と規制による、いわゆる〝タテ社会〟が壊されて〝ヨコ社会〟が実現した時期だ。また戦国の風潮であった〝下克上〟もどんどん実現された。ただ幕末から維新に至る過程には、戦国とはちがっていわゆる「学識経験者（オピニオンリーダー）」が活躍した。維新成立の初期には、まず個人の学者がそれぞれ自分の説を唱えた。やがてこれに共鳴する人びとがグループをつくる。初期はしたがって個人とグループの活躍が目立った。しかしこの活動は、大老井伊直弼の〝安政の大獄〟によって根こそぎ弾圧されてしまった。安政大獄の時点で、

「個人やグループの時代」

は終ったとみていい。その後は組織の時代になる。組織の時代というのは「藩（大名家）」のことだ。組織の時代になると、個人やグループが唱えていた「学説」のい

いところだけとり入れられ、都合のいい論理が組み立てられる。それが政略の根拠になった。幕末後半は、

「藩と藩との政略合戦」

の様相を呈する。そして、西南の雄藩が勝利を占める。明治維新を成立させたのはほとんどが西南の雄藩である。薩摩藩・長州藩・土佐藩・肥前佐賀藩などがその核となり、明治時代には「藩閥政府」と呼ばれた。

佐久間象山は、初期から開明的な思想を持って躍り出た学者である。しかしかれは安政の大獄によってもつぶされなかった。それはかれが信州（長野県）松代藩に属する組織人だったからである。またかれを理解する開明的な藩主真田幸貫がいたので、その庇護がいき届き、比較的自由奔放に生きることができた。日本のナポレオンと自称する象山は、天馬のごとく奔放に自分の説を蒔《ま》いて歩くことができた。

しかしユニークだったのはかれは決して幕府再編成論者ではない。まして討幕論者でもない。かれはあくまでも、

「現在の幕府を守り抜く」

という佐幕精神のもちぬしだ。しかもかれの開国論は、

「開国によって日本の科学力を高め、軍事力を増強して欧米列強と互角に渡り合う」

ということを究極の目的にしていた。幕末の思想家の中でも、孤立した考えのもちぬしだったといっていいだろう。かれは父親の命名によって、「明星」を意識していた。日本だけを照らすのではなく、世界を照らす星の光だという自覚があった。かれの、

「二十歳にして松代人であることを知り、三十歳で日本人であることを知り、四十歳で国際人であることを知った（意訳）」

という宣言と認識は、現在日本人の自覚として必要な、「グローカリズム」の幕末版である。それだけかれには先見性があった。わたし自身がものを書くときの基本的態度は、

「地方の一隅から日本全体を照らした人物の発見」

ということにテーマやモチーフを求めている。佐久間象山もそのひとりだ。しかし、この作品ではかれの学説にウエイトをおかずに、人間性に力点をおいた。成否は、読んでくださった方のご判断に任せたい。

幕末は第二の戦国時代であるだけに、やはり〝狂〟と〝天狗〟が跳梁する。常温的

な常識では乗り切れない危機が次々と襲ってくる。その対応と克服には思い切った〝狂〟と〝天狗〟の精神が強力な武器になった。天狗というのは、水戸藩主だった徳川斉昭の命名で、

「異常な時代をユニークな能力を持って生き抜く人間のこと」

をいうのだそうだ。幕末の水戸藩には天狗がたくさん出た。組織されて〝水戸天狗党〟になる。長州では〝狂〟の字がしきりに用いられ、松下村塾を開いた吉田松陰自身が〝狂〟の人であることを誇った。門下の高杉晋作や山県有朋などもみずから〝狂〟の人間であることを公言している。佐久間象山もまた、信州の一角松代から生まれた〝狂〟の人であり〝天狗〟精神を十分に発揮した人物である。ただし、象山はたとえてみれば巨象だ。この作品ではその耳の一隅か、尻尾の一房にしがみついたにすぎない。力不足を恥じている。

文庫化に当っては、講談社文庫出版部の長谷川淳さんに温かいご協力を得た。お礼を申しあげる。

童門　冬二

●本書は二〇〇四年四月、実業之日本社より単行本として刊行されました。

|著者|童門冬二　1927年東京都に生まれる。東京都庁に勤め、広報室長、企画調整局長などを歴任して退職、作家活動に入る。歴史の中から現代に通ずるものを好んで書く。講演依頼も多く、全国を飛び回っている。著書に『小説　上杉鷹山』(集英社文庫)、『戦国武将の宣伝術——隠された名将のコミュニケーション戦略』『日本の復興者たち』『夜明け前の女たち』『改革者に学ぶ人生論——江戸グローカルの偉人たち』(以上、講談社文庫)、『幕末の尼将軍——篤姫』(日本放送出版協会)、『義塾の原点』(リブロアルテ) ほか多数。

幕末《ばくまつ》の明星《みようじよう》　佐久間象山《さくましようざん》

童門冬二《どうもんふゆじ》

© Fuyuji Domon 2008

講談社文庫

定価はカバーに
表示してあります

2008年8月12日第1刷発行

発行者——野間佐和子
発行所——株式会社　講談社
東京都文京区音羽2-12-21　〒112-8001
電話　出版部 (03) 5395-3510
　　　販売部 (03) 5395-5817
　　　業務部 (03) 5395-3615
Printed in Japan

デザイン—菊地信義
本文データ制作—講談社プリプレス管理部
印刷———豊国印刷株式会社
製本———株式会社国宝社

落丁本・乱丁本は購入書店名を明記のうえ、小社業務部あてにお送りください。送料は小社負担にてお取替えします。なお、この本の内容についてのお問い合わせは文庫出版部あてにお願いいたします。

ISBN978-4-06-276053-9

本書の無断複写(コピー)は著作権法上での例外を除き、禁じられています。

講談社文庫刊行の辞

二十一世紀の到来を目睫に望みながら、われわれはいま、人類史上かつて例を見ない巨大な転換期をむかえようとしている。

世界も、日本も、激動の予兆に対する期待とおののきを内に蔵して、未知の時代に歩み入ろうとしている。このときにあたり、創業の人野間清治の「ナショナル・エデュケイター」への志を現代に甦らせようと意図して、われわれはここに古今の文芸作品はいうまでもなく、ひろく人文・社会・自然の諸科学から東西の名著を網羅する、新しい綜合文庫の発刊を決意した。

激動の転換期はまた断絶の時代である。われわれは戦後二十五年間の出版文化のありかたへの深い反省をこめて、この断絶の時代にあえて人間的な持続を求めようとする。いたずらに浮薄な商業主義のあだ花を追い求めることなく、長期にわたって良書に生命をあたえようとつとめるところにしか、今後の出版文化の真の繁栄はあり得ないと信じるからである。

同時にわれわれはこの綜合文庫の刊行を通じて、人文・社会・自然の諸科学が、結局人間の学にほかならないことを立証しようと願っている。かつて知識とは、「汝自身を知る」ことにつきていた。現代社会の瑣末な情報の氾濫のなかから、力強い知識の源泉を掘り起し、技術文明のただなかに、生きた人間の姿を復活させること。それこそわれわれの切なる希求である。

われわれは権威に盲従せず、俗流に媚びることなく、渾然一体となって日本の「草の根」をかたちづくる若く新しい世代の人々に、心をこめてこの新しい綜合文庫をおくり届けたい。それは知識の泉であるとともに感受性のふるさとであり、もっとも有機的に組織され、社会に開かれた万人のための大学をめざしている。大方の支援と協力を衷心より切望してやまない。

一九七一年七月

野間省一